陈行行

以匠心安身，以精技立命

干一行爱一行，专一行精一行

把手艺做到极致，就是匠人的本分

"大国工匠人物传"丛书

陈行行

用极致书写精密人生

康岩◎著

中国工人出版社

图书在版编目（CIP）数据

陈行行：用极致书写精密人生 / 康岩著. -- 北京：中国工人出版社，2025. 9. -- ISBN 978-7-5008-8766-9

Ⅰ. I25

中国国家版本馆CIP数据核字第2025W114H2号

陈行行：用极致书写精密人生

出 版 人	董　宽
责任编辑	陈培城
责任校对	张　彦
责任印制	黄　丽
出版发行	中国工人出版社
地　　址	北京市东城区鼓楼外大街45号　邮编：100120
网　　址	http://www.wp-china.com
电　　话	（010）62005043（总编室） （010）62005039（印制管理中心） （010）62379038（社科文艺分社）
发行热线	（010）82029051　62383056
经　　销	各地书店
印　　刷	宝蕾元仁浩（天津）印刷有限公司
开　　本	880毫米×1230毫米　1/32
印　　张	5.5
字　　数	93千字
版　　次	2025年9月第1版　2025年9月第1次印刷
定　　价	49.00元

国之大者，工匠先行

——“大国工匠人物传”丛书总序

在中华全国总工会成立100周年之际，全国总工会宣传教育部、中国报告文学学会、中国工人出版社联合开展了“文艺工作者走基层”活动，推出“大国工匠人物传”丛书，向全国总工会献礼，向广大劳动者致敬！

“知者创物，巧者述之守之，世谓之工。百工之事，皆圣人之作也。”这是中国所见年代最早的关于手工业技术文献《考工记》中对工匠的记载。“工”之责在于造物，“匠”者为能工鼎识者也。

幼时，老家云南昆明大板桥的老街上，从南头到北头，都是大大小小的手艺人，木匠、石匠、焗匠、骟匠、竹篾匠、鞋匠、箍桶匠……空气中飘荡着木匠的刨花香和石匠敲打出来的粉尘，充满着焗匠手中皮带的“吱扭扭”声、骟匠刀下小猪猡的闷哼、箍桶匠皮锤不轻不重的敲击声。老街上的竹篾匠是我的一个表姨夫，他来自四川，有着一手出神入化的编造竹篾手艺。粗壮的毛竹是表姨夫手中的“百万雄兵”，在一把锋利无比的刀的指挥下，被劈成厚薄、粗细不一的篾。表姨夫的本领仅次于撒豆成兵的天神，他能化篾成物，一般家里能见到、用到的器物，他都能用竹篾编出来。母亲曾命我在老街上买一个暖水瓶的内胆，然后去表姨夫的摊位上，坐等他为暖水瓶胆编制一件竹制的外壳。那个暖水瓶至今还在我家老屋的一个角落里。竹篾壳早已被岁月包了浆，虽然久不使用，却依然油润、红亮。这便是我幼时对匠人的记忆。

五千多年的中华历史长河中，涌现出了无数能工巧匠，他们或如明月光照，或如星河璀璨。一代代薪火相传的工匠精神，不仅成就了那些流芳百世的绝世建筑与器物，更是烛照我们通向文明现代化进程的精神之光，是我们文化的自信心、民族的根与魂。

从“嫦娥”探月到“祝融”探火，从“北斗”组网到“蛟龙”深潜，从港珠澳大桥横跨三地到大兴国际机场凤凰腾飞……这些挺起中华民族脊梁的大国重器、世纪工程背后，无不凝聚着万千工匠的心血和汗水，映照着工匠们孜孜以求、拼搏奋进的身影。

本套丛书收录的是全国总工会历年评选出的大国工匠

的人物传记。他们当中有焊接高铁的“工人院士”李万君、打破国外高端设备维修垄断的王树军、让中国锻件立于世界之巅的刘伯鸣、“人刀合一”的顶级钳工李凯军、在高空“穿针引线”的竺士杰、油田里的创新能手刘丽、了不起的“钢铁裁缝”艾爱国、数控机床上的“雕刻师”孟维、让三星堆文物“活”起来的郭汉中……他们有的是传统加工业的锻造者，为了突破技术瓶颈精益求精；有的是新兴制造业的探路者，为了实现精密制造巧思妙想；有的是军工行业的铸剑者，为了打造国之重器默默坚守；有的是民间手工艺的守护者，为了传承非遗文化精雕细琢……他们奋战在国防军工、装备制造、传统工艺等行业的第一线，以久久为功的钻研和创新，造就了一个个传奇。

这些杰出的工匠，尽管行业不同、岗位不一，成长经历各异，但他们都有着爱党爱国、敬业奉献、创新争先的优秀品质。他们耐得住清贫与寂寞，用灵巧的双手和精湛的技艺，数十年如一日地在平凡的岗位上雕琢自己心中的梦想，以实际行动诠释着“执着专注、精益求精、一丝不苟、追求卓越”的工匠精神。“天下大事，必作于细。”工匠精神既是中华民族技艺世代传承的价值理念，又是中国开启新征程，从制造业大国迈向制造业强国的时代需要。

“大国工匠是我们中华民族大厦的基石、栋梁。”2024年3月5日，习近平总书记参加十四届全国人大二次会议江苏代表团审议时强调“树立工匠精神”，指出“没有金刚钻，揽不了瓷器活”，要“把第一线的大国工匠一批一批培养出来”。党的十八大以来，习近平总书记对建设高素质劳动大军高度重视，强调“当代工人不仅要有力量，还要有智慧、有技术，能发明、会创新，以实际行动奏响时代主旋律”，深刻阐述工匠精神“执着专注、精益求精、一丝不苟、追求卓越”的内涵要义，号召全社会弘扬工匠精神，“为全面建设社会主义现代化国家、实现中华民族伟大复兴的中国梦提供有力人才和技能支撑”。

“匠心聚，百业兴。”无论是传统产业，还是新兴产业、未来产业，大国工匠在发展新质生产力的历史进程中不可或缺。随着经济发展方式转型和产业结构升级，中国要实现由制造大国向制造强国的转变，实现由中国制造向中国创造的跨越，离不开广大劳动者的创新和创造，更离不开对工匠精神的继承和发扬，于是呼唤更多大国工匠成为时代强音。

文艺是时代进步的号角，最能代表一个时代的风貌，最能引领一个时代的风气。中国报告文学学会、中国工人出版社联袂推出“大国工匠人物传”丛书，以图书的形式为大国工匠树碑立传，让他们的故事和精神具有更广泛的交流传播价值和长久的史料价值。本套丛书的写作者奔赴大国工匠生活的城市，深入大国工匠工作的厂区、车间、工作室，获取了全面细致的第一手材料，最终将大国工匠的成长、成才故事呈现在读者面前。

“大国工匠人物传”丛书讲述的是个人奋斗史，也描绘出大国工匠的群体形象。可以说，这套丛书是目前国内系统研究众多大国工匠人生轨迹的权威读本，既有对每位大国工匠的整体介绍和事迹梳理，又有具体的事件、案例，全面、生动地展示了大国工匠各个人生时期的工作和生活状态。

新时代是奋斗者的时代，中国式现代化建设新征程这一宏伟事业为广大工匠技能人才成就梦想提供了广阔舞台。每位劳动者都是主角，都可以成为工匠精神的践行者。大国工匠是新时代的最美奋斗者，更是和平年代当之无愧的英雄。

国之大者，工匠先行，向着中华民族伟大复兴的目标砥砺奋进，行稳致远。

是以为序。

目 录

第一章 一身手艺却找不到工作

来深圳找工作之前，陈行行一直觉得自己是个响当当的“人物”。

2008 年，金融危机像是一只发了疯的野兽，全球经济秩序和产业格局都被它锋利的蹄爪和獠牙撕咬得稀巴烂。以出口主导型经济为主的广东深圳，在金融危机的风暴席卷中首当其冲，经济陷入了深度凋敝，各行各业像是满身沉疴的人，一病不起。其中，又以制造业尤其是加工贸易企业遭受的摧残为最。

金融危机说来就来，一声招呼不打，空荡荡的厂房和办公室里充满了工人们的唾沫星子，接连的咒骂声不绝于耳。咒骂又能如何呢？厂子倒了，老板跑了，他们的饭碗砸了，他们的日子像是走进了死胡同。

来深圳找工作之前，陈行行对此一无所知。他带着百倍的信心和欢喜，想在深圳大展拳脚，好赚他个腰包鼓鼓，再风风光光地回家。但此时此刻，他像是一根孤零零的木头，杵在乱糟糟的人才市场门口，手里紧紧攥着的只有一张皱巴巴的简历。

那一天，太阳很大，阳光很猛，刺得他睁不开眼。汗水一层层地从手掌心中央渗出，在他整个手掌蔓延。汗水濡湿了简历，像是小时候的课本被水打湿了一般。只不过课本晒干了还能继续用，而那一刻，陈行行觉得，这简历就算碎成齑粉也无甚要紧。自己一个浑身都是手艺的大活人都没人要，何况手里这湿了干、干了湿的简历呢？

来深圳找工作之前，陈行行在山东技师学院机械工程系现代模具制造与维修专业就读。这个年轻气盛的山东孩子，在学校里成绩一直名列前茅，是大家眼里所谓“别人家的孩子”。读了三年，快毕业了，陈行行给老师打电话，“想利用实习期找个称心如意的工作”。老师告诉他：“山东省职业院校技能大赛马上就要开始了，山东技师学院也想参加，你之前有过参赛经历，学校想着给你搭配两个同学，你们一块报名参赛。”

陈行行当然觉得这是个好机会，但心里也犯嘀咕：自己之前参加的都是数控大赛，这次主要比模具，很多项目他没练过，能不能拿到好成绩，他心里没底！他如实把自

2009年，陈行行参加山东省职业院校技能大赛留影

己的担心告诉了老师，老师乐观地说："没事儿啊，专业虽然不对口，但你学习能力强，模具知识这段时间补一补，走上赛场问题不大。"

在老师的鼓励下，陈行行经过一段时间的学习就去参赛了，结果不负众望，获得了第二名。其实按照比赛的最终成绩，陈行行和同学应该拿第一，但这次比赛是由山东省教育厅主办，山东技师学院是山东省人社厅主办的学

2009年，陈行行在山东省职业院校技能大赛中获奖

校，因为归口不一致，第一名不好给一个外口的学校。对于这个结果，陈行行所在的山东技师学院最终只好接受。

但这次比赛给了陈行行极大的信心和鼓励。“原来我模具也能干得好啊，看来我还真挺厉害的！”陈行行心里默想着。

当时，望着手里红彤彤的获奖证书，陈行行觉得，自己已经获得了一张通往成功之路的船票。老师告诉他，想找工作就去沿海地区，比如广东深圳那里有很多成规模的模具厂，招的人多，机会也多，有的地方整个镇子都是干模具的，他去了肯定被抢着要！

那时候，媒体上也流传着这样的消息：有的模具厂一年开出 50 万年薪，从日本挖一个模具师傅。高薪的激励，再加上老师的劝说，2009 年 6 月，陈行行二话不说，买了一张开往深圳的火车票。旅途中，他满脑子都是深圳的繁华梦，还有各式各样的模具厂。他在心里开始摩拳擦掌，准备大干一场。

千算万算，不如天算。来到了深圳，陈行行傻了眼：老板跑了，厂子没了，哪还有什么工作可找？他每天在深圳那些模具小镇来来回回游荡，像是个累瘫了的猎人拼命举枪射击身旁的猎物，不放过任何一个求职机会。如果深圳找不到，他就到附近的东莞看看。

那段时间，陈行行反复穿梭在深圳和东莞之间。他心想，人来都来了，找不到工作，回去怎么跟老师交代？就算来回折腾，也不能放弃希望啊。线下跑断了腿，线上也一刻不闲。他不知加了多少个找工作的 QQ 群，手机里“滴滴滴”的提示音此起彼伏，每天一睁眼就盯着群里弹出的消息。他自己也时不时在群里发问：有没有工作机会？后来他觉得，那哪是等消息啊，简直就是沙漠烈焰下，一个快要渴死的人在等一瓶救命的水。

那段时间，深圳企业的外贸订单少得可怜，产品的工价被压得很低。后来老天眷顾，陈行行总算面试上了一家数控模具厂，结果人家又兜头浇了一盆凉水：“我们不招应届生，只招熟练工，想要入职，必须得有三年以上工作经验。”

陈行行辩解道：“我参加过技能大赛，拿过第一名啊！”对方咧了咧嘴，露出一副爱搭不理的神情：“会比赛有什么用啊，我们要的是第一天上班就能上机器干活的人。日子都快过不下去了，厂子没工夫慢慢培养你！”

陈行行一下子蒙了：比赛成绩居然没有用？这可完全打破了自己原先的认知。他暗自在心里叫委屈：自己好歹也算技能院校科班出身，来到这儿居然连厂子的门槛都跨不进去，这算哪门子事儿啊？

后来，其他工友跟他解释，他在学校学的那一套在这儿根本水土不服。学校学的是 FANUC 系统，这是当时数控加工车间里最主流、最常见的数控机床操作系统，操作面板简洁易懂。但深圳清一色用三菱系统，以高速率、高精度见长，尤其适合模具加工。这系统好是好，但陈行行

陈行行的工作形象照

不会用，要是从头学起，费时费工又费力。铣刀也是问题。学校的铣刀是麻花状的，是直接买的成品，但这里只有一些大的制造企业是买成品。麻花状铣刀上的螺旋槽像滑梯一样，加工时金属碎屑会顺着沟槽排出去，散热也均匀，切削更稳定，铝、钢等不同硬度的材料都能高效切削。而这些作坊式的小厂子，为了压低生产成本，厂主们都要求工人自己动手磨。陈行行哪里磨过，他压根干不了这活儿。

跟陈行行一起来的，还有学校里的一个同学。在深圳暂时看不到希望后，两个人一起到了东莞的长安镇——这是一个模具名镇。当时行业内有句话：世界模具看中国，中国模具看长安。这足以凸显长安在模具产业里的地位。1995 年，这个坐落于南海之滨的默默无闻的小镇，迎来了当时全球手机行业的龙头企业——诺基亚，随后三星等手机企业也纷纷落户于此，东莞的手机产业链条初具规模，并开启蓬勃发展的势头。长安镇也抓住了电子信息产业的发展契机，主动融入全球产业链，大力发展外向型经济。

陈行行他们俩像没头苍蝇似的，在长安镇晃悠，一面询问工作机会，一面找地方住。这个不大的镇子，再便宜的宾馆，一天也得好几十块钱，这对还没工作的两个年轻人而言，是一笔很不轻松的负担。当他们在镇中心的小广场前逡巡时，突然发现有一排木头板搭成的简易房子正在招租，虽说在广场周边，但来往车辆并不多，环境还算安静。他们走到跟前，发现这屋子不过三平方米，高有个二米多，里面放了一张一米二的床，凑合也能住。于是，没多想，两人决定就在这儿住下了。为了节约生活成本，陈行行连瓶装水都舍不得买，而是去水站买那种大桶的桶装水，一桶能喝好几天。

到了晚上，陈行行躺在狭窄的床铺上，心里开始叽里咕噜起来。来深圳的火车上，自己心里憧憬的南方大城市、制造业中心、模具名镇，这些想法和概念连珠炮似的冒了出来。那时他想着只要自己来了，拿着大赛获奖证书，还不是畅通无阻、呼风唤雨啊！可现在呢？他揉了揉惺忪的睡眼，仿佛睡意很深，但脑子里依旧乱得很。

那几日，当地媒体老是报道年轻人找不到工作、压力大跳楼的事情。每当读到这些报道，陈行行总是不自主地咽口水，想着那些选择主动结束生命的年轻人，跟自己年纪差不多，经历差不多，到底是哪来的勇气命令自己，在一切可能才刚刚打开之际，就把生命抛诸脑后。

陈行行心里设想，在某个安静的夜晚，吹着凉爽的风，他们步履沉沉地走向高楼的顶端，在天台边缘来回踱步。他们可能身形瘦弱，衣着单薄。听着风在耳边呼啸，看着衣角在风中无力地翻动，他们的无知与无能在那一刻集体爆发，吞噬了所有情绪。脚下的城市灯火璀璨，一半是摩天大厦，一半是陈旧的民居。在这灯光的海洋里，没有一盏灯为他们点亮，没有一盏灯与他们的生活有关。简历投了无数份，面试一次次铩羽，每一次的希望都被现实

陈行行工作中

击得粉身碎骨。父母的期望、朋友的眼光、社会的压力，他们想到了很多，可是谁来帮他们拭去眼角那不易察觉的泪珠呢？迈出这一步吧，迈出去也就不痛苦了，迈出去也就结束了。于是，他们的身体犹如断了线的风筝，扑簌扑簌，极速坠落，似乎带起了一阵飘荡的风。风停了，一个年轻的生命也就这样戛然而止了。

陈行行忽然打了个寒战，仿佛有只无形的手在抓挠他的身体。但没想一会儿，困意还是袭了过来，陈行行沉沉地睡了过去。

第二章 为全国大赛积蓄力量

现实的灰暗，仍旧不能阻挡陈行行找工作的劲头。他仍旧频繁出入当地的人才市场和工厂车间。比亚迪、富士康、鸿海模具……这些名厂、大厂，他也不放弃机会。后来为了打消招聘方的顾虑，他直接表示自己可以不要工资，免费干活。

要求拉到了底线，没想到对方还是不招应届生。“要求三年以上工作经验”，这一条规矩，就把陈行行的求职路卡得死死的，动弹不得。望着人才市场门前长长的应聘队伍，陈行行仿佛在三九寒冬坠入了冰窟，浑身冻得直哆嗦，快要爬不起来了。

好在天无绝人之路。有一天，QQ 群里突然蹦出了一条久违的招聘信息——深圳市宝安区公明镇一家厂里的哥们儿家里有急事，干不下去了，需要紧急找人顶替。这活儿是一个萝卜一个坑，没找到替补前，厂长不让人走。这哥们儿在群里发布了信息，陈行行一看机会来了，马上跟他联系，不多久就到了公明镇的小厂子。

厂子是家庭作坊式的，工人加上老板、老板娘、财务、设计师等，总共也就十来个人。这种模式在深圳和东莞这类制造业密集的城市很常见。陈行行进了厂，二话不说开始干活。

操作机床前，需要磨刀，磨完才能开工。每天 12 个小时连轴转，一个人干两台设备。跟一般的国营厂子不一样，这里的工作制度近乎严苛。陈行行发现，自己上个厕所、泡杯热茶，或者累了歇个三五分钟，老板马上就从屋里跑到车间，叉着腰、皱着眉开骂，一副你欠他几万块钱的表情："设备怎么又停啦？干不出来就扣工资！"陈行行知道，老板的言下之意是人和设备时时刻刻都得转，分秒不停。

就这么过了十几天。有天晚上，一起来的同学跟他姐姐通电话抱怨工作辛苦，姐姐在电话那头的声音简直要喷涌出来："你受这个苦干吗，快点回家！"第二天一早，这个同学就找了个理由启程回家，只留下陈行行一个人与机床为伍。

少了同学的陪伴，陈行行开始了大倒班。平均一个月

2009 年，陈行行在深圳宝安区公明镇的模具厂实习

倒一次，这个月从早上7点干到晚上7点，下个月从晚上7点到早上7点，就这么来回倒换。

白天回宿舍想睡觉也睡不着。这里的厂房宿舍都是政府统一盖的，在产业园区里，好几个工厂共用一个宿舍楼，老板只要向政府付租金即可。一个宿舍有的男女混住，有的只住男的，帘子一拉就是一个床位。陈行行的屋子都是男性工人，他们白天晚上进进出出，门也不关，说话声、吵闹声、打牌声此起彼伏，在这种环境下，人怎么可能休息得好？

那段时间，陈行行感觉自己整个身体的内分泌都失调了，脸上的毛孔一个有平时两个大。白班倒夜班前，他的脑子里像是塞满了糨糊，每天都过得迷迷糊糊的。他在内心告诉自己：这不是我想要的生活！

那时候，同事们之间流传着一句话：深圳是创业者的天堂，也是打工者的地狱。现在，陈行行对这句话的体会更加深刻了。

就这么坚持了三四个月，陈行行的内心开始动摇了：这么干下去，自己跟一台没有丝毫情感的机器又有什么区别呢？磨刀、开机、上工、下班、倒班、睡觉还睡不着……日子在这样的恶性循环中来回摩擦，变得紧巴巴的。

他没有一点独立的空间，所有时间全被工时裹挟，工资也不令人满意。

陈行行想，怪不得媒体报道说中国制造的产品便宜，这个低价红利，还是我们这些一线的产业工人用时间一点点堆出来的。再这么下去，自己非崩溃不可。“走，非走不可！”陈行行这样告诉自己。

因为走得急，老板只给了陈行行1000元工资——按照之前定下的标准，还差2500元。回到学校，他给老板打电话要欠他的工资，老板趾高气扬地说一分不给。陈行行说“不给就把你告上法庭”，老板听了更来气，随即耍起无赖来：“告吧，随你怎么告！”

没过多久，陈行行打听到，这年中秋节，二老板跑到厂房，发现眼前一片空空如也，原来大老板把厂子设备卷走跑路了。这个现象在当时的深圳很普遍，政府很难介入。经此一事，陈行行原先的骄傲，像是被风折断的桅杆，暴露在海平面上，被暴风雨吹打得已经不剩多少了。陈行行清醒地意识到，自己就是个普通的劳动者，原先在学校、在赛场取得的优异成绩，只能部分证明自己的优秀。当孤身一人在一个全然陌生的环境里，跟有着充分经验的人竞争时，自己原先的优势可能变得分毫不存。

在深圳的厂子里有个带陈行行的师父，年纪比他还小两岁，四川人。师父的父母因为外出打工，在师父十多岁的时候，就带师父到深圳生活，小小年纪就已经在厂里干了五年，各道工序驾轻就熟。每当陈行行想到师父，就感到职场和社会的逻辑不那么简单。

回到学校的陈行行，郁闷了好一阵，临近毕业了，他的心气儿怎么也提不起来，往日的那种阳光和骄傲，也

陈行行正在钻研工作

像放飞的鸟儿，不知飞到天边哪里去。老师觉察到陈行行的不对劲，便主动给他推荐了一份临时工作。在离学校二三十公里的一个镇子上，有家专门生产和面机的厂子，老师让陈行行先去干着，挣点工资。因为第四届全国数控技能大赛就要开始了，学校领导有意让陈行行代表学校参赛，厂子离学校近，陈行行回来参加培训也方便。

以陈行行早先对职业的规划，他并不想在一个小镇上

陈行行正专注地工作

耗费时日，但左思右想后，他还是答应了老师。他在厂子里边工作边学技术时，便暗自在心里定下目标：保存实力，提升能力，赢得比赛。

准备比赛需要电脑练习编程，陈行行找到在济南读大学的哥哥，托哥哥用他在厂子里打工攒下的钱帮他买了一台笔记本电脑。每天晚上吃完饭回到宿舍，陈行行就打开电脑学理论、练软件。陈行行心里有一种时不我待的紧迫感，比赛的日子就在眼前了，他还有很多知识没掌握、很多工序没搞定，他必须在既定的日子里，把自己打磨成一个钢铁战士。

非技工学校的学生可能不理解，为什么技能大赛尤其是全国性的技能大赛对于职业技能学校的学生如此重要，重要到值得花费那么多的时间和精力去搏一个未知的结果。对技工学校的学生来说，比赛就是他们人生中的“高考”，甚至是一次改变命运的机会。说实话，对于他们，学校里的成绩可能并不那么重要，但比赛要是能拿到名次，可就是实打实的技能人才了。

在学校的机床练了几次后，老师也为难起来。比赛需要大量的实操与练习，但学校也有正常的教学秩序，机床、刀具学生上课都得用，陈行行如果长此以往练下去，学校也不好支持。没办法，陈行行只能在周围找其他职校练习。一家规模小点的学校，发现陈行行技术好，还能帮着老师上课带学生，就同意免费让他用机床，但刀具是耗材，需要陈行行自行采购。这是一笔不小的投入，但为了比赛，陈行行咬咬牙就答应了。

那段时间，陈行行在厂子里处于“半上班”状态，一半时间在外头训练，一旦厂子里有任务了，老板就给他打电话：“赶紧回来吧。”其间，老板也跟陈行行开诚布公地聊过，告诉他现在工作机会少，外出训练了工资就没有了。陈行行也知道，比赛实际是一场跟命运的对赌，如果取得不了好成绩，所有金钱和时间的投入都是竹篮打水一场空。

比赛结果证明，陈行行的努力没有白费。在济南的初赛，他的成绩遥遥领先，获得了职工组的第一名。到广东佛山参加全国比赛前，学校主动承担了他的差旅费用，还免费提供机床和刀具供他练习。陈行行也不负所托，拿到了全国第四名的好成绩。

第三章 灵堂里伸手要钱

对于自己的手艺，陈行行仿佛有一种与生俱来的自信。

1989 年，陈行行出生于山东省济宁市微山县。“西边的太阳就要落山了，微山湖上静悄悄。”这首传唱一时的歌曲，唱的就是陈行行的家乡。微山湖离他家也就两三公里路。那湾湖仿佛大地温柔的眼眸，每日每夜观望着四季烟火，把村里的日子看得明白、看得通透。

春天，湖水解冻，湖面被兴奋的春光激发出粼粼波光。岸边的柳树抽出新绿的嫩芽，像是少女的发丝轻轻拂过湖面。村里的桃树、梨树，你不让我、我不让你，一个劲儿绽放，粉白的花瓣在微风的吹动下飘落，伴着新泥一同芬芳。

夏日，湖水成了孩子们的乐园，他们在水中嬉戏，太阳落山也不愿归家。湖边的芦苇荡里，野鸭和水鸟筑巢繁衍，偶尔有几只白鹭振翅掠过，激起圈圈涟漪。村里的屋舍多是砖瓦结构，屋顶上晒着金黄色的玉米和红艳艳的辣椒，那是大地的馈赠。

秋风起，湖边的枫树、槐树换上了金黄色的衣裳，落叶铺满了湖边小径，人踩上去仿佛踩在厚实的地毯上。村子里家家户户倾巢出动，忙着收割庄稼，稻田里忙作一团，也充满了欢声笑语。稻谷沉甸甸的，里面包裹着成熟的香气。湖里的鱼儿也肥美起来，渔夫们划着小船，撒开渔网，捞起满满一袋，幸福归家。

冬日，湖面结冰，鹅毛大雪覆盖了整个村庄，屋顶、树梢、田野……天地远近一白。湖面这时候就成了天然的滑冰场，孩子们在冰面上闹腾，嬉笑声打破了冬日村里的宁静。家家户户升起了炊烟，一家人围坐在暖炕上，吃着热乎乎的饭菜，这就是家的味道。

微山湖虽美，但因为夏天戏水，常有邻家的孩子被淹死，陈行行的父母便立下规矩，从不允许他跟哥哥靠近湖边。因此，陈行行始终是只“旱鸭子”。

小时候在农村，令陈行行最难忘的要算每年秋季的例行动作——抢收玉米。在陈行行的家乡，一年要收两季粮食——小麦收一季，玉米收一季。收小麦基本能保证，而每年中秋节前后收玉米，要是赶上北方的雨季，可就是一场跟老天爷搏斗的“大战”了。

年幼的陈行行

陈行行家附近有个尼山水库，每当雨水汇集而来，水库就得泄洪放水。村里的地正好安在两条河堤之间，中间一条泗河穿堤而过，河水遇到雨水，那就是“氢弹遇上了原子弹”，陈行行家的地分分钟就全被水淹了。对陈行行家而言，每当玉米快要熟了，赶上了雨季，家里人就划着小船漂在水上抢玉米，能抢多少是多少。陈行行家没有船，就向打鱼的家庭借。每次看着父母划船而去，被齐腰深的水盖住了半个身子，陈行行的心都会为之一紧。

因为靠近微山湖，一旦农闲，陈行行的父亲就去贩鱼。父亲从渔家先把鱼买来，再骑着自行车去邻近的县市卖。父亲卖鱼所得，对这个经济不太好的家庭，可是一笔可观的收入。陈行行记得，每当自己有新衣服穿了，添置新的文具了，一般都是父亲卖鱼回家了。因为家里两个男丁，盖房子、娶媳妇、彩礼……处处都要花钱。父母每天一睁眼，想的都是怎么把日子过下去，家庭压力很大。陈行行记得，父母一旦挣了钱，就立马存起来，赶集时母亲买东西也是货比三家，挑最便宜的那家买。

跟乖顺的哥哥相比，陈行行活脱脱是个捣蛋鬼。读小学三年级以前，陈行行经常跟哥哥打架，有时候把家里搅得鸡犬不宁。后来，父母索性让哥哥去奶奶家睡觉，只把陈行行留在家里，陈行行和父母三个人挤在一张床上睡。

陈行行依稀记得，小时候哥哥也很淘气，父母对他的管教很严格，每次放学回家都让他趴桌上练字。犯了浑，父母也毫不留情，说揍就揍。但好像是哥哥 7 岁那年，情况发生了突变。那天，哥哥放学回家，没写作业就开始看电视、玩玩具。不晓得母亲那天哪来的气，看到哥哥这么无心学业，就抄起家伙把哥哥暴打了一顿。自那以后，哥

陈行行小时候居住的老房子

哥的性格大变，变得陈行行都有些认不得。父母的话他都听，交代的事儿他都完成，还经常给家里扫地做饭。

等到上了初中，有一天，父母把兄弟俩叫到跟前来，说："你们将来二十多岁都要上大学结婚，要交学费，还要在城里买房。你们俩都上大学的话，家里肯定供不起。谁成绩好，谁就上大学，另外一个就去打工吧。"父母说

陈行行就读的微山县马坡乡第一中学

这话的时候，也很无奈，但懂事的兄弟俩谁也不生气，他们心里明镜似的。

哥哥大陈行行一岁，在学校里高他一个年级。上小学时，两个人谁成绩好、谁成绩坏，并不明显。直到初中一次考试，哥哥考了全校第一，在县里名次也靠前，成了当地小有名气的好学生。于是，父母便决定，让哥哥考大学。

对于父母的选择，陈行行很坦然。他自懂事以来就没有把上大学当作人生理想，而是一心想搞技术。读小学时，父母带着他们兄弟俩去赶集，给哥哥买的是文具、书本，给他买的都是赛车、变形金刚。东西买回来，陈行行的手就“痒”了起来，他把那些崭新的玩具一块块“肢解”，再一块块组装，享受动手的乐趣。

有一次，一家人围在一起看电视，陈行行好奇地问母亲：“这大黑盒子里装的到底是什么啊，为什么就能播出画面来呢？”“好好看电视，你管里面是什么！”母亲的呵斥，非但不能阻止陈行行的好奇，反而更加激发了他的求知欲，他想着总有一天他要动手把电视给拆了，仔细瞧瞧里头是什么。

有一天，父母出门收麦子去了，陈行行总算找到了合适的“作案”时机。他翻箱倒柜找出了家里的螺丝刀，一股脑儿地就把电视机“大卸八块”。他满腹狐疑地把头探进去，发现就是鼓鼓的一大块儿，前头有个灯亮着，几根电线缠绕在一起，没什么稀奇古怪的物件。他有些失望，眼瞅着爸妈快回来了，着急忙慌地把零件一个个装回去。

上了初中，陈行行在物理课上学到了一点电路知识。“在放电过程中，电子从负极流向正极；在充电时，电子则从正极返回负极。这两个电极通过电解质连接，形成闭合电路，从而实现电能的储存和释放。”老师在课堂上讲述，陈行行听得入迷。他暗自想道：为什么电子能像天空中的飞鸟一样来回流动？这家家户户每天都在用的电，到底是储存在什么地方呢？

陈行行脑海中的疑问挥之不去，心里的“作案”动机又在滋长。又一天，趁父母不在家，他又按捺不住，想要把家里的电路给改了。他先搬来一块磨盘机上的大铁盘，埋在地底下，再给铁盘接了根导线，随后他惊奇地发现，电路真的发生了改变。这一次次胆大妄为的“家庭试验”，没少让陈行行挨打，但他乐此不疲，挨打的疼痛丝毫不能阻断他脑海里那些关于结构、关于手动操作的奇思妙想，他发现其中有无尽的乐趣。

不得不说，山东是有着技能文化氛围的。那时候，陈行行跟着家人在晚上黄金时间一起看电视剧，或者周末看综艺节目《阳光快车道》，这些热门节目都会来回穿插着山东 ×× 高级技工学校的广告。“学技术，创辉煌，山东济南找 ××！”这句反复轰炸的广告语，神经质般地根植在陈行行脑海里。于是他时不时就想：学点技术，就能找工作，就能挣钱，这挺好！

多年以后，陈行行回到母校微山县鲁桥镇南王小学宣讲

要考高中了，人生的选择题悄然而至——陈行行以后的路应该怎么走？县里学校不多，高中才 3 所，陈行行所在的初三年级一共 8 个班，每班六七十个学生，整所学校能进高中的名额不到 50 个。父母经过合计，知道上高中、考文化课、上大学，陈行行肯定不是这块料。母亲对他说："考不上，你就出门打工去吧！""我想学技术！"陈行行仰着头说道，他的声音把整间屋子都震得亮堂堂的。

陈行行也明白，自己考高中肯定够呛。学校这时候来通知，让他考中专，陈行行觉得学技术的机会来了。考试要交 100 多块报名费，陈行行赶紧简单收拾，课都没上，骑上自行车，一溜烟儿跑回家找父母，他感觉自己离技术课堂只有几步之遥，他不想耽搁一分一秒。

刚进村里，陈行行呆住了。原来是家里有长辈亲戚过世了，父母满脸肃穆，正穿着孝衣，跪在灵堂前。他也没多想，越过前来祭奠的人群，径直向父母走去。亲戚们看到陈行行这么气势汹汹的样子，还以为他在学校出啥事儿了。"爸，妈，我要考中专了，老师说，报名费一百多块。"父母刚在灵堂前烧着纸钱，恍恍惚惚间，小儿子就唰的一下穿梭到跟前来，没等缓过神来，父母对望一眼说："交，老师说交多少，咱交多少！"

后来，陈行行顺利考入山东省机电学校读中专，哥哥考上了济南的大学。兄弟二人开始雏鹰展翅，飞向不同的人生目的地。陈行行就读的中专学校是公办的，学费跟私立技校相比是要便宜不少，但对陈行行家而言，也是一笔不小的负担。那时候，私立技校一年学费就得一万多元，而这里三年学费交齐也就一万多元，还有“3+2”连读直接拿大专学历的选项。对此，陈行行的父母啥也没多问，当即表示：“直接读五年的。”

第四章 拨给未来的招生电话

回想灵堂前伸手要钱的往事，陈行行对父母充满了感激。他知道，父母没怎么上过学，文化程度不高，自己还总是淘气，惹他们生气，让他们担心。但那一刻，父母没有二话，在人生关键阶段对自己无条件支持，而这也是他打开职业技能大门的原动力。是啊，自己也只有心无旁骛，把技术学到手，学巧练精，才对得起父母的一片苦心。

陈行行兄弟二人顺利升学，村里的人对陈行行家羡慕极了。那时候，大多数山东农村家庭的独生子女初中毕业就不读书了，该打工打工，该务农务农，年纪轻轻就扛起挣钱讨生活的担子。

陈行行家隔壁有个姑娘，学习成绩不错，初中刚毕业还想考高中，却被父母生生阻止了。一天，趁着农闲，她的母亲来陈行行家拉呱儿："你就说，上高中图个啥？三年得花一万多，我让她出门打工，三年保准能挣一万多，这里外里就是两三万啊！高中读完了，兴许还找不着出路呢。"陈行行在一旁听了，心里很替那个姑娘惋惜。

出乎陈行行预料的是，中专学校生活并不像他早先设想的跟技术贴合得那么紧密。这是一所提供职业教育学历的中专，隶属教育部门管理，他所在的专业是汽车运用与维修。但让陈行行费解的是，进校好几个月，连个车轱辘都没摸到，整天学语文、数学、外语、政治等文化课程。好不容易有一堂技能实操课，还得好几个同学共用一台机床练习，一个人平均下来摸机床的时间没几分钟，陈行行当时就觉得，这节奏不太对。

利用业余时间，陈行行开始自己琢磨。那几年，职业教育市场就业比较火爆的是电气工程专业，学生毕业后可以火速就业。他想，学校不开课没关系，我可以自学啊，反正技术摆在那里，学到手就是自己的。等到二年级，学校百无聊赖的生活让陈行行再也按捺不住了，他要自学电工，考一个中级电工证。

人生中要面临的困难远不止一次，而且困难大概率会在不同时候以相似的面貌再次出现。考电工证需要报班，报名费、学费加一起大约要 400 元。当时，陈行行一个月

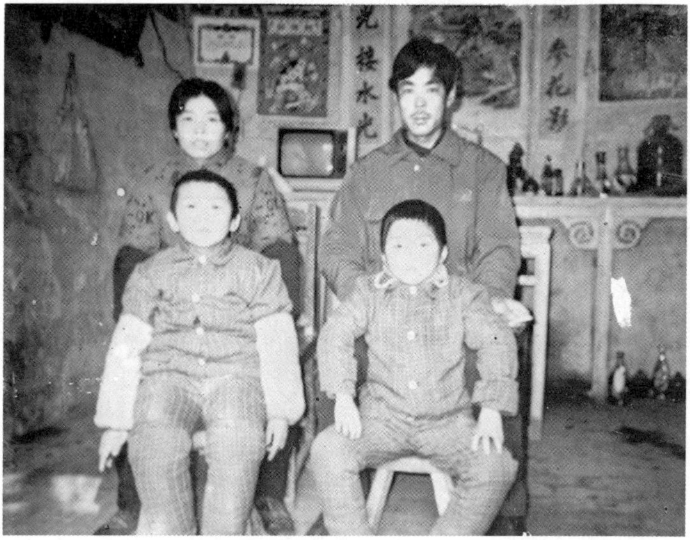

陈行行（前排右一）的全家福

的生活费也就一百多元，这连着好几个月生活费都花出去了，那么考证报班的钱哪里来？没办法，只能求助父母。

在电话亭，陈行行拨通了家里的电话，他的父亲听了他的一番说道后，直接把钱打到账上。晚上回到宿舍，舍友们照例开睡前“卧谈会”，陈行行把考证的想法跟同学说了。“你疯了吧，自己的课这么多，都没力气上，你还额外报班啊！”“花那个冤枉钱干吗？有这钱还不如吃点好的，出门玩一趟。”舍友们纷纷表示想不通。为什么陈行行会如此这般给自己“找”事儿？答案只有他自己知道。小时候，陈行行一次次在家里大拆大建，那些电路、电线、电表在他手里移过来、飘过去。他小小的手掌抚摸着那些干瘪的线头，像是抚摸着亲切的肌肤。他就是喜欢跟这些“伙伴”待在一起，这种喜欢不容置疑。

报了名上了课，陈行行就不去上学校晚自习了，而是把时间空出来练习。周末也不回家，待在教学平台练习接线。功夫不负有心人，中级电工证终于考了下来。

学校一看，报考电工证异常火爆，培训班的招生消息一发布，顿时两三百个学生报名，学校随即决定以培训班为基础在校内搞一次电工专业比赛。

对陈行行而言，比赛当然好啊。考完证后，他有阵子没摸电工设备了，学的东西到底忘没忘，正好可以通过比赛检验一下。到了比赛现场，他发现有六七十号人入围，大多是本专业的同学。结果，陈行行是第一个接完线的，拿了第三名。学校因此奖励了陈行行 500 元，这可给他高兴坏了。他抑制住兴奋，第一时间打电话回家报喜。这 500 元，陈行行捏在手里，虽然不多，但他由此明白了，你的种子撒在哪里，力气出在哪里，哪里就能变得土壤肥沃，开花结果。小小的比赛，500 元奖金，也像一根牵引线，牵引着陈行行在将来走向更大舞台，参加更大的比赛，获得更大的成绩。

在学校学了一阵，陈行行在脑海里对职业技能教育形成了一套固定概念：读完中专，再考大专，大专毕业找工作。那时候，山东省自主开办了很多高级技工学校，陈行行想："大不了就不出俺们大山东了，在省内把该上的学都上完，该学的技术都学到位，毕业后还愁找不到碗饭吃？"没过多久，他这套固定概念就又被现实打破了。

2006 年，快到暑假了，学校里同学越来越少，整个校园沉浸在一种沉闷的氛围中。每个走在路上的人都显得垂眉耷眼的，一副压根不想提起精神的样子。陈行行也是，他跟室友们窝在宿舍里，整日也是百无聊赖地过着。

直到有天下午，一个室友回来，手里拎着一张报纸。陈行行对此很惊讶，说道：“今天太阳打西边出来了，你竟然还买了份报纸回来看！”

“谁看报纸啊！”面对陈行行的调侃，室友的回击干净利落，“昨晚我发现这桌子腿缺了一块，我不得塞点报纸进去垫垫？”话音未落，室友伸手就要把纸页撕开，蹲下身准备垫桌角。

“慢着！”陈行行猛然发出一声呵斥，“先别撕了，好歹花钱买的，我先瞅两眼，反正待在宿舍也是待着。”说着他从室友手里一把夺过报纸，津津有味看起来。

陈行行先是浏览了社会新闻，又翻阅了娱乐八卦，关心了国际时事。就在他读完要还给室友时，突然，报纸中缝几行密密麻麻的小字堆起的招生广告引起了他的注意。那则豆腐块大小的广告，瞬间把陈行行的魂魄给夺了去。他睁大了眼，像是地主老财发现金银财宝一般，一个字一个字地读了起来，差点没把自己读成斗鸡眼。

原来，这是山东技师学院发布的招生简章。陈行行读完后，心里便泛起了涟漪：还有这种学校可以上，以前怎么从没听人说起过？陈行行火速冲到了电话亭，迫不及待地拨通了招生电话，他觉得这个电话简直就是在打给未来的自己。

电话接通后，陈行行告诉老师，自己是一个中专学校的学生，还差一年实习，就能拿中专毕业证了，他想考到山东技师学院去。老师告诉他，想上技师学院，有两条路径：一是参加高考，考分得在350分以上，单独报名，学校择优录取；二是中专或者中级技工学校的毕业生，可以参加暑假学校组织的专门的招生考试。陈行行听完一细想，这两条路子自己都走不通，高考自己是不可能再参加了，而自己也没毕业，不能参加招生考试。陈行行突然有一种煮熟的鸭子从锅里飞了的感觉，心里有些难过。

陈行行想起自己的表姐曾经说过，找工作对年龄卡得很严，关键时刻一岁两岁能放倒很多英雄汉。陈行行想，自己现在读的这个学校是“3+2”学制，离毕业还远着呢。他想的是，越早读完越早工作，自己和家人心里都踏实。

陈行行反复思考，想着破局只能从招生办老师下手，他就换着法儿给招生办老师打电话。他以为自己一遍遍打电话，能以诚动人，换来招生办老师的松口，没承想得到的回复都是“不行”。规矩就是规矩，尤其是招生这么严肃的事情，哪能为一个人的突发奇想，就随随便便把招生条件给改了呢？

遇到了不可解决的难题，就像是行人在冬日的山间被一团无法融化的坚冰阻止了去路，陈行行开始心灰意懒起来。躺在宿舍床上，陈行行觉得床铺都比往日要坚硬，甚至硌得身上疼。

就在陈行行准备放弃的时候，一个念头倏地闪过脑海：自己不是曾考过中级技工证吗？他噌的一下起身，像离弦的箭一样冲到桌前，翻了好久，像是水下考古队员在海底捞宝一样，幸福地摸出了中级技工证书。他望着眼前

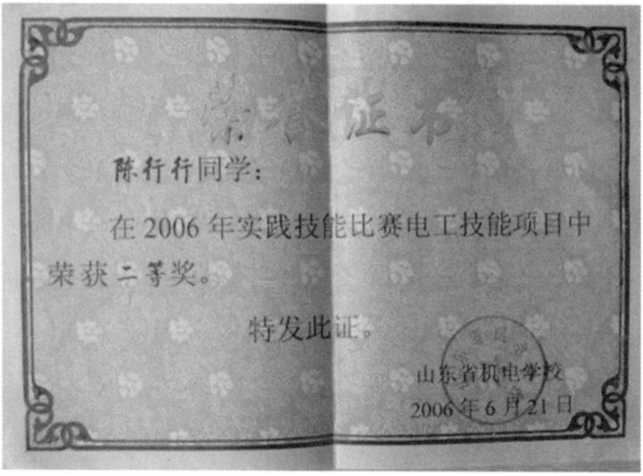
陈行行同学：
在2006年实践技能比赛电工技能项目中荣获二等奖。
特发此证。
山东省机电学校
2006年6月21日

陈行行的山东省机电学校获奖证书

的证书，感慨万千地说："我陈行行这回能不能行，就靠你了，大兄弟！"

随即，陈行行又拨通了招生老师的电话，他清了清嗓子，像煞有介事地朝电话那头喊道："我是个中级技工，有证书的，想考技师学院。"对方一听既然已经是成熟的技工了，也就没有异议。

既然下定决心不在这个学校读了，陈行行也就动了先退学的念头。家人担心他考不上，劝他先别着急退，先考完试再说，要是考不上他也有个退路。考试内容是语文数学两门主课，外加一门电工电子专业课。陈行行的动手实操能力很强，但理论知识薄弱。家里有个远房表哥读的就是机电专业，陈行行问他借了理论书，暑假整天窝在家里，都快把书页翻烂了。

考场上，陈行行成竹在胸，考试结果也符合预期，他如愿考上了。凑巧的是，陈行行读了两年中专，哥哥读了三年高中，哥哥考上的山东青年政治学院和自己考上的山东技师学院，两所学校的位置都在济南市经十东路上。兄弟俩在同一天坐同一班车，各自到新的学校报到。

原先的设想是，兄弟俩只有一人继续上学，另一个人去打工挣钱。结果，命运的齿轮却把兄弟二人都推到了学

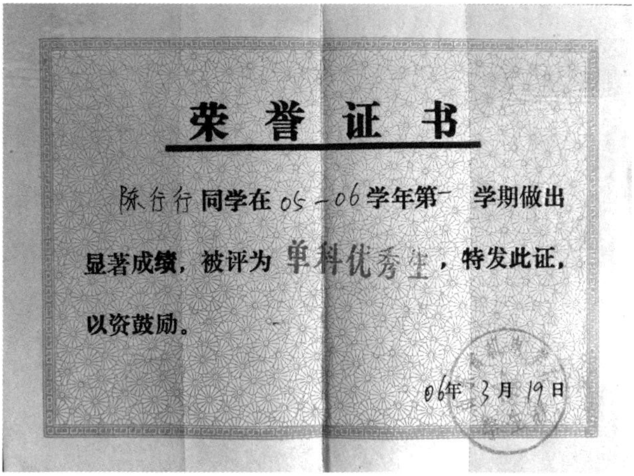

荣誉证书

陈行行同学在05-06学年第一学期做出显著成绩，被评为单科优秀生，特发此证，以资鼓励。

06年3月19日

陈行行的山东省机电学校荣誉证书

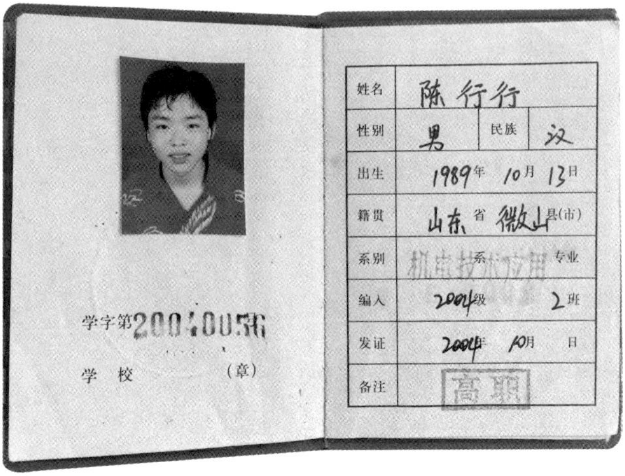

学字第200400[illegible]

学　校　　　（章）

姓名	陈行行		
性别	男	民族	汉
出生	1989年10月13日		
籍贯	山东省微山县(市)		
系别	机电技术应用 系 专业		
编入	2004级2班		
发证	2004年10月 日		
备注	高职		

陈行行的山东省机电学校学生证

校去。事实上，陈行行考上以后，家里也是闹过不同意见的。那时候，哥哥学费一年 4500 块，陈行行要 4800 块，练习用的材料钱还得另算。父亲支持读，母亲却有点犹豫。家里同时供两个大学生，负担太重了。陈行行知道，自己贸然做的决定，给家里添了不少麻烦。他主动打电话给在铁路系统工作的三叔，借了 5000 元学费，并向三叔承诺，只要自己挣了钱，第一时间就还。

看到陈行行对技术的热爱和决心以及展现出的才华和天赋，父母咬咬牙，还是决定同时供他们兄弟俩一起读。但陈行行心里明白，家里为了满足他读书的心愿，也是把老底儿都透了。想到这儿，他渐渐有点儿惭愧，觉得自己亏欠父母很多很多。他暗自想着，自己加倍努力，到了新的环境，一定要向父母证明，这个钱花得值。

第五章 『真羡慕卜师兄啊』

在新学校，陈行行给自己安排了两条轨道：一是把技术当成看家本事，以后吃饭用的，一定得学好，不能有丝毫马虎；二是为了减轻家里的负担，他满脑子还想着怎么能在学校多挣点外快。

陈行行发现，这里的学生跟原先的太不一样了，很多人在挣钱方面都有不少“鬼点子”。经常有学生大包小包地跑进宿舍，推销火腿肠、鸡爪、辣条、泡面这些小零食。陈行行看到他们这么有商业头脑，想着自己也不能落后，他也得挣钱，生活费不能再伸手问家里要。

天大地大，吃饭最大。陈行行先到食堂找了份兼职，他什么脏活累活都能干，切菜、洗菜一条龙，他都不在话下。在食堂兼职还有个好处，每顿剩下的饭菜食堂员工能免费吃，这相当于一日三餐都解决了。他转念想，光解决吃饭还不够，自己手头得有些余钱。

正好这时候，食堂的电工师傅家里有事不干了，他便跟承包食堂的老板商量，表示自己想兼职做电工，让老板适当开点工资。老板觉得陈行行的想法太不靠谱，不同意，双方也就闹掰了。后来，陈行行离开了食堂，辗转多处，看书报亭、打扫校园人工湖卫生这些零工都干过。但他知道，这样小打小闹，不能解决根本问题。

就在第一个学期结束要放寒假的时候，学校对面搬来了一家厂子，叫大禹机械厂。这家厂子是当地政府办的国营单位，主要业务是焊接塔吊，正对外招聘焊工，陈行行感觉挣钱的机会来了。他迅速跑去面试，问人家要不要兼职的学生。

厂长一看，一个大学生跑来应聘焊工，亲自出来接待他。厂长告诉他，马上就过年了，厂里生产进入繁忙期，塔吊这个东西，在市场上又是紧缺货，能生产多少出来就能卖掉多少。焊工对于塔吊的生产尤其重要——塔吊都是靠焊工一块块铁疙瘩、一张张铁皮片焊接起来的，可以说百分之九十的生产流程都是在焊工手里完成的。但国家对焊工管理得很严，必须持证上岗，因为安全问题重于泰山，出了问题，谁都无法负责。

又是一道难题摆在陈行行面前。没焊工证就上不了岗，挣不来钱。都说一分钱难倒英雄好汉，如今难倒陈行行的不仅仅是钱。

关关难过关关过。陈行行鼓起勇气来到系办公室，当面向系主任表达自己想要考证的意愿。“干吗好端端的，就要考焊工证？”系主任的提问，直接而有力度。

去之前，陈行行也提前打好了腹稿，他总不能说自己是为了兼职啊，那样太功利，他得把事儿往大处、往高处聊。“现在学校鼓励我们，做复合型的高技能人才，我想考个焊工证，为今后工作做准备！”站在系办公室，陈行行呼呼啦啦一通白话，说得在座的老师个个都提起了精神。

“焊工证不是说考就能考的，你知道这中间有多少道程序吗？”系主任又把一个极为现实的问题，推到陈行行跟前。

“我以前在中专都能考证，咱们学校是山东省内技工类学校的最高学府了，考个证那还不是分分钟的事儿啊？”陈行行的回答，让系主任有些惊讶。

“你之前考证花了多少钱？”

“四百块。”

系主任扑哧一声笑了出来，脸上露出了无奈的表情。“同学啊，考证得办培训班，要出老师的上课费，还得买焊条、钢板，还得交电费，末了还得到省里请职业技能鉴定中心的人来鉴定。你这四百块，连一天的电费都不够，我们怎么给你个人开个班？”听完系主任的讲述，陈行行一时间无言以对，当场愣在那儿。

“你去找教务处吧，这事儿我们决定不了。”听完系主任的话，陈行行又跑到三楼的教务处，这回他不像去系办公室那样横冲直撞了，他像个做错了事的孩子一样站在家门口，心里忐忑不安，甘心等待着家长的一顿责骂。

千难万难，陈行行还是敲开了教务处的门。教务处的老师听完更奇怪了，说：“这是你们系里的事儿，自己解决。”就这样，陈行行反复找了系里好几次，一次次不厌其烦地陈述想法，嘴皮子都快磨破了，老师的耳朵也快听出了老茧。

一来二往，系主任发现这个学生不是一时兴起，跑来闹乌龙的，而是真心喜欢技术，想学技术。于是，系主任给陈行行支了个高招儿：“这样，你到同学们中间去宣传宣传，系里也帮着发个通知，只要愿意报名培训的学生超过 20 个，我们就把培训班开起来。”

听到这话，陈行行就像在沙漠里看到了点绿洲的影子，高兴得手舞足蹈。那时候互联网不发达，也没有 LED 屏这类高端设备，陈行行就动用人肉战术，在各个班大力宣传。系里的老师也一起上阵，把培训班招生信息写在小黑板上，挂在了教学楼大门出入口的显眼位置。

令陈行行和学校都吃惊的事发生了。第一天报名人数就超过 60 个，第二天、第三天、第四天……学生们陆陆续续报名，大家越来越积极，报名人数越来越多。看到学生们高涨的报名热情，系里决定，首期先招 60 个，还跟报名晚了的同学们说，没报上别着急，培训班会一直开下去。陈行行基础好，培训了一个多月就把焊工证考了下来，立马来到厂里报到。老板看到焊工证，悬着的心也放下了，安排陈行行即刻上岗。

在学校上课，陈行行都是跟好多同学共用一套设备，一个人分一根焊条，平均下来每个人的焊接时间很短，大部分时间甚至只能分到半根焊条。到了厂里，厂长直接把一捆200根焊条扔在他跟前儿，说："今天必须焊完。"换作别人，肯定喊苦喊累，或者抱怨厂长简直就是吸血鬼，压榨工人干活连眼睛都不眨。但陈行行不这么想，他觉得平时哪儿来这么好的机会学技术、锻炼手艺啊，这么多焊条，要是自己练，得花多少钱啊！

塔吊这东西，原本是一节一节的，全靠焊工把一块块铁板焊接在一起。焊接塔吊，主要是焊塔吊上的方管，把两个槽型钢焊接在一起。为了提高焊接速度，一开始，陈行行就把焊速调得很快，一晚上能焊完6根。后来，速度越来越快，6根方管没几个小时就干完了。厂长见状，就拼命给他加任务，8根，10根，12根，每天陈行行领到的焊条越来越多。

到了晚上，厂子里空空的，人都走光了，陈行行想，既然没人监督，那自己就撒开手干呗。电流电压、拉焊条的速度和角度、焊点离焊板的高度和角度……他不停地调整焊接的参数。焊完一根，再想着怎么把控手感，观察焊缝的质量有没有达到要求，是不是出现了裂纹。

很快，陈行行的焊接速度几乎超过了其他所有员工，一晚上能焊10根甚至12根，成为厂里名副其实的"头把交椅"。为了干好活儿，晚自习陈行行也放弃了，每周三天在厂里干。就这么干了两个多月，挣了五千多元。这段故事被学校教电焊的老师当成“传奇”，反复讲给后来的学生听。

赚到了钱，陈行行回归了校园生活。有了工作经历再坐回教室，关于人生和职业的路到底应该怎么走，陈行行有了新的想法：难道自己只想做一个熟练的技术工人吗？这个目标看似也不错，现在社会上熟练工紧缺，以自己目前的手艺，想找个饭碗、有体面的收入应该不是难事。但是，人生的目标仅仅是为了混口饭吃、多挣点钱吗？各行各业都有翘楚和领军人物，他们之所以能够成长成才，是因为他们选择不当随波逐流、无根无基的野草，而是要当锻造身骨、顽强生长的劲草。即便是屈身于石缝中，委顿在烂泥里，也要坚韧地向着阳光伸展。

这时，身边一位优秀师兄的出现，给了陈行行很大的触动。这位师兄的名字叫卜祥彬，是学院 2004 级数控班的学生。2006 年，卜师兄在第二届全国数控技能大赛数控车工赛项高技学生组获得了第三名。

那个年头，连到全国技能大赛的舞台上比拼的机会都很难得，更何况是拿下了全国大奖，学校领导对这事都很重视。卜师兄回来当天，老师安排师弟师妹们在校门口夹道欢迎，有人送上鲜花，有人在一旁鼓掌，场面热烈而隆重。过后，学校抓住了宣传契机，请来山东电视台等媒体，频繁宣传卜师兄，还安排卜师兄给全校师生作报告，分享参赛心得和学习体会。

看着卜师兄春风得意的样子，陈行行心里满满都是羡慕。他想，原来，通过技能学习从而到全国的大舞台上参

2006 年，山东技师学院热烈欢迎卜祥彬（左一）获奖归来

加比赛，是可以成为令人瞩目的人才的。辅导员似乎也察觉到陈行行心理上的微妙变化，把他叫来办公室谈心。

“昨天卜祥彬作完报告结束后，校领导安排我开车送他回家。”

“卜师兄这几天肯定忙坏了，这儿也找他，那也找他，我们都把他当成大明星咯！”

“行行，你知道吗？校领导还要把他留校，转为正式事业编制，一个月工资超过六千块。你看看我，干了这么多年，一个月才两三千块。”

“真羡慕卜师兄啊，这么年轻就能留校，他能在大赛上拿奖，就是不一般。”

“他拿奖也不是说拿就拿，他热爱技能学习，没日没夜训练，赛场上临危不惧，关键还是功夫有没有下到位，你说是不是？”

看着辅导员充满期待的眼神，陈行行的心里仿佛点亮了几颗星星，轻轻闪着光。

是啊，来到技师学院，陈行行感觉自己和很多优秀的人同行。学校里不少同学高考考了五百多分，完全够得上本科录取分数线，但不少家长还是觉得学技术好。陈行行所在的班级，只有他一个人是中专没毕业考过来的，其他人都参加过高考，理论知识都比他要扎实。

思忖良久，陈行行觉得自己动手能力确实不错，但跟同学比，理论素养还是差了一截。此前，上机械理论课程时，他跟之前在机电学校养成的习惯一样，一副爱听不听的样子。现在，陈行行觉得理论不能偏废，这是一门必须补上的功课。

第六章 “一塌糊涂”的比赛

2005年，山东技师学院启用了一个占地16000亩的新校区，该校区实际容纳的学生数可达八九千。陈行行读书的那几年，每年招生规模在五六千人，其中一半都是他所在的机械工程系，数控班再占系里一半。学校一周安排16节课，有时候一天就安排8节，到了第二天啥事儿没有，大家要么在宿舍里打牌，要么出门到网吧上网打游戏。

陈行行不喜欢上网打游戏。一天傍晚，吃完晚饭，百无聊赖，他在校园里闲逛，走着走着就到了图书室，心想：那就进去看看书吧。他出示了学生证，找了个空桌坐下，随手取下一本杂志读。“这里真不错，安安静静的，看看书打发时间，总比打游戏强。”陈行行暗自想道。

突然，一个同学走上前跟他打招呼。因为班里人数多，很多同学陈行行都不认识。这个同学说：“我们是一个班的，你每天都来看书啊！”

“没有，我就无聊闲逛逛过来的。晚自习教室都坐满了，舍友又在宿舍里打够级，他们窝在一起能打一整天。

2007年，陈行行在山东技师学院宿舍留影

我不喜欢打牌，就出来了。”

听完陈行行说的话，这个同学列举了一连串同班同学的名字，都是经常来看书学习的。陈行行想，别的同学都在努力上进，既做好实操，也学好理论知识，自己也不能落下。随后的日子，他们俩就经常一起结伴学习，课余时间还一起在食堂勤工俭学，端盘子切菜。

人生的长河里，好机遇的来临，就像是晨曦中的露珠般短暂而珍贵。在实操和理论同步精进后，陈行行一直在等待一个一展才华的时刻。等到2008年第三届全国数控技能大赛招募选手，他觉得这个一展才华的时刻，终于到来了。

老师在班上作动员，又拿卜师兄做例子。“谁能代表学校参加比赛，还能拿到名次，就能像卜祥彬一样留校工作，大家回去都好好想想，机不可失，时不再来。”老师说完，同学们开始了窸窸窣窣的议论，有的跃跃欲试，有的低头沉默。陈行行不管别的同学怎么想，他自己心里已经有了底。

参赛是一个大项目、大决定，陈行行找来了自己最要好的朋友，想听听对方的意见。“我要停掉手上所有的事情，兼职、考证都不干了，把所有时间跟精力都集中起来，准备比赛。”陈行行雄心勃勃地跟朋友说道。

“行行，有理想是好事，但我觉得人终究还是要现实一点。卜师兄这种天才，学校多少年才出一个。别说在全国大赛拿到好名次，就是省内竞争，一个工种只能有一个名额。我们就把学上好，毕业了安安稳稳找个工作，生活不也美滋滋的？干吗老想那些遥不可及的事儿呢？”

“老师都说了，这个机会是非常宝贵的，就在眼前了，我不想这么平白无故就放弃。”

“老师是给你打鸡血呢。你想想，数控专业有那么多个学生，你学的还是模具，本来专业就不对口了。你非得伸长脖子跟人家比专业，你这是何苦呢？”

“我不懂，我可以学，可以练啊！”

几个来回后，朋友也知道，依陈行行的性格，决定了的事，一定是一条道走到黑、绝不走回头路的。

陈行行跟数控专业的老师借来一本厚厚的机床说明书，没日没夜地看，他先得把理论基础摸清楚。网上有之前大赛的真题，陈行行一一下载下来，一边研究一边做题。因为专业知识没有覆盖到，很多题他都不会，有时候一道题目反复研究好几天都没答案。但这些都不是核心问题。干一个活儿，编一个工艺程序，最要紧的还是到机床上实操。没有一刀一刀地真干，其他都白瞎。那时候，学校总共才有六七台设备，供几千个学生上课使用，自己想去摸床子，老师肯定不同意。陈行行想，既然摸不成床子，那就先练编程。学校配备了两个机房，电脑装的是正版编程仿真软件，他硬着头皮在别的专业上课时，找那些不来上课的同学遗留下的空机器练习。

上课的老师奇了怪：这个陌生学生哪儿来的？如此来

2008 年，陈行行参加第三届全国数控技能大赛山东省选拔赛

了两三次后，陈行行就被请了出来。没有正版软件用，干脆下载盗版的吧。他又跑到网吧，发现这盗版软件缺了很多功能，一些程序设计根本实现不了，达不到想象中的练习效果。

“不行，还是得用学校正版的练。”没办法，陈行行只能厚着脸皮再次来到机房。这回，他不再愣头青般地冲进教室找位置，而是等老师讲完课上办公室喝茶休息的间隙，再溜进去。一来二往，一出二进，也算跟老师混了个脸熟，老师觉得这学生也没恶意，渐渐地，对陈行行也就睁一只眼闭一只眼，不再仔细过问。这全班六十多个学生，总有那么两三个逃课不来的，干脆就留给这个同学用吧。没过多久，老师就默认这台电脑属于陈行行了，在检查学生作业经过陈行行背后时，要是看到他的程序有点小问题，还会俯下身来，指导一番，告诉他接下来的指令应该怎么做。

比赛迄今只办过两届，题量不大，陈行行没多久就全都刷了一遍，但他内心还是不满足。他觉得，光做完意义不大，关键得研究题目后面的那些“奥秘”。他加大了训练强度，在真题的基础上修改一些参数、改变一些程序设置，想方设法为自己提高难度，增高门槛，不断刷题。在一遍遍练习中，技艺也在默默升华。原先一上午只能完成一套题，不多久，处于巅峰状态的陈行行，一上午能做完4套题，编程的速度越练越快，技艺越练越精。

后来学校搞大海选，陈行行拿下第一名。这个成绩让老师也颇感意外，一个学模具的学生居然在数控大赛中拿了全校第一，不得不说这是一个“奇迹”。自此以后，老师逢人就说：我的学生考了第一名。

比赛继续进行。60进30，30进15，陈行行状态一直不错，成绩也很稳定。系里老师都觉得他是种子选手，一定能发挥出色，代表学校去参加全国大赛。

准备了许久，到省里比赛的那一天终于来了。在现场，学校宣传部的老师想留个纪念，在陈行行操作机床的时候，站在不远处举着相机对着他拍。陈行行一面做着产品，一面感觉到仿佛有个东西正对着他。霎时间，他一不留神转过脸去，望见老师手里的镜头。当他把眼睛和意念再转回手里的刀具的时候，他猛然间发现，自己遗漏掉了一个重要的“活儿”。这道题要求做一个中空结构，按照常规程序，第一遍粗加工完，应该松一下虎钳重新装夹找正后再精加工，以保障产品尺寸的精准度。可就是那蓦然回首的一眼，陈行行忘了松虎钳这个工序，粗加工完马上

2008 年，陈行行参加第三届全国数控技能大赛山东省选拔赛留影

就精加工了。精加工了一会儿，他才发觉：这下是完了，虎钳没松，中空结构中间完全没有刚性了，这个活儿就从正方形变成长方形、从圆形变成椭圆形，产品形态完全改变了。

后来陈行行再次量了尺寸，发现跟程序设计的全差了，如此一来，尺寸分这一项他只能得零。赛场上的陈行行一下子就蒙了，他手里的活儿暂停了几秒，等到回过神来的时候，便开始紧张起来。他的手心和额头开始微微渗出汗水，心脏像是被一只无形的手紧紧攥住，加速跳动，呼吸也变得急促起来，嘴里也不断分泌口水，他隔一会儿就咽下一口，觉得嘴里像是嚼着一颗苦橄榄，全不是味儿。从未有过类似经历的陈行行，感觉时间就在那一刻定格在赛场前。

因为心神不安，加工第二个活儿时，陈行行又接连犯了错误。那时候，整个操作节奏都被打乱，连平时训练时一半的功力都没发挥出来，可以说是“一塌糊涂”。

比赛结束后，陈行行陷入了沉思。他意识到，自己犯的是一种低级但致命的错误。老师虽然没有当面严厉地批评他，但语气里的质疑和不满，陈行行明显可以感觉到。他知道，面对这种错误，原本对他寄予厚望的老师们，是有多郁闷、多失望。

陈行行也想解释，但话到嘴边，一个字、一个词都蹦不出。老师对他的信任，在这一刻似乎崩塌了，而他只能眼睁睁地看着，无能为力。明明已经把所有程序都安排好、检查好，怎么就因为一个眼神、一个镜头而前功尽弃呢？到底是哪路神仙跟他开了一个这么大的玩笑，故意让他难堪、令他羞辱呢？晚上睡觉时，陈行行躺在床上，那种懊悔和自责像是潮水般，一浪一浪拍打过来："为什么如此粗心？为什么没有再多个心眼？"这些问题在他脑海中反复盘旋，搅得他心里五味杂陈。

第二天一早上课，坐在课桌前盯着电脑屏幕，陈行行也是双眼无神，内心空洞，眼前一片模糊。同学们敲击键盘的声音、电话铃音、嘁嘁喳喳的交谈声仿佛都离他很远。整间教室里，仿佛只剩下他一个人孤独地沉默着。他知道，这种莫名的错误，影响的不仅是自己，更是整个团队甚至学校的荣誉。想着想着，他的胸口仿佛压着一块巨石，越来越沉，越压越紧，他几乎有点喘不过气了。

过了几天，比赛结果出来了。陈行行考了第二名，比第一名差了 0.6 分。他原以为自己的成绩会很差，甚至垫底，但说实话，这是一个很不错的成绩，虽然无缘参加

2008 年，陈行行给新生宣讲

全国大赛。陈行行意识到，赛场上不仅自己会犯错，自己的对手同样会犯错，任何人都有犯错的可能。犯了错不可怕，往下干就是。也许自己的对手会犯比自己更低级、更愚蠢的错误。

止步于全国大赛的陈行行，随后马上就要面临毕业后的选择。老师告诉他，学校有意留他，但以他目前的成绩，留校最多只能当助教，一个月开几百块钱工资。陈行行心想，这点钱怎么养家糊口？他还是决定要到企业去。

第七章 星辰不甘沉寂于夜空

2009年春招的时候，山东滕州一家做数控装备的公司到学校招聘，陈行行找过去跟老板谈了待遇。陈行行说，自己获过省里大赛第二名，目标薪资一个月三千元，老板看他综合素质不错，就答应了。那时候，大部分民企得三个月才发工资，陈行行入职干了三个月后，老板却改了口，说入职半年后月薪才能给三千元，目前一个月只能给几百元。有一天，老板带着秘书，跷着二郎腿坐在办公室里，跟陈行行谈判。老板说，公司管吃管住，这笔费用还要从工资里出，这么算下来，陈行行还得倒贴钱给老板。“这工作怎么能干？这家公司刚刚起步，业务也不多。”没过多久，陈行行决定离开这里。

职场上的挫败，让陈行行想到还是得回归校园。他再次想到了老师，给老师打了电话，这才有了学校推荐他参加山东省职业院校技能大赛的机会。正是那次比赛的获奖，给了陈行行继续比赛的信心，也让他树立起不断挑战更高级别比赛的志向。

经历了多次大赛的历练，还有在各个工作岗位上的历练，陈行行逐渐从一个懵懂无知的大学生成长为一名自信成熟的技术工人。是啊，人生就是一场与困难、挑战、机遇不断交锋的旅途。从每个人呱呱坠地的那一刻起，家庭、生活、事业制造的每个难题就会如影随形，会在成长的每个阶段现身。这些人生难题或大或小，或突如其来，或悄然而至。这一路走来，陈行行无助过、焦虑过，甚至怀疑过自己的能力是否达标，目标是否合理。但正是这些磨刀石般的人生难题反复出现，磨砺了他的意志，锤炼了他的心智。正是这些成长历程中的疙疙瘩瘩，让他的人生路充满了起伏和变化，也让他学会了沉淀和反思。它们像一面光滑的镜子，照出了他内心的紧张与脆弱，也让他看清了自己真正的渴望与方向。

困难不是绝境，而是积蓄力量、奋起直追的契机。每解决一个难题，每往前进步一点点，陈行行都收获了喜悦，性格变得更沉稳，意志变得更坚定，头脑变得更智慧。

世间所有的不期而遇，都潜藏着某些前定的缘分。

陈行行在外工作期间，对中国工程物理研究院机械制造工艺研究所是有所了解的，身边有些优秀的同学也曾被所里录用，而且跟他是同个老师带出来的。事实上，陈行行自小就在心底埋藏着一颗对军工的痴迷与好奇的种子。每当他看到电视新闻里那些威武的铁甲战车、战斗机、军舰在画面上出现时，整个人就蹦得老高老高，嘴里兴奋地喊着："快看，快看，大坦克开过来了！"

直到上了学，课本里开始出现一些武器的配图。下课的时候，同学们都出去大闹，陈行行留在教室里，安静地端详着眼前的课本。他的眼睛紧紧盯着那些威风凛凛的武器装备，眼中闪烁着好奇与渴望。他用手指轻轻滑过纸面，仿佛手指滑过的是武器的每一副结构、每一个零件。滑动的瞬间，他仿佛能感知到金属的冷冽和精密工艺的细致。同时，他的心中充满着疑问：这些螺丝和齿轮是如何协同配合的，让一把枪能精准无误地发射子弹？又是怎样神奇的设计，让一架战斗机能在云端展翅，仿佛雄鹰翱翔于天际？

当在家里闲着无聊时，陈行行会张开小小的手，不时地拿起桌上的螺丝刀和钳子，试图拆解那些他能够找到的旧玩具和废弃的小机械装置。他的动作虽然稚嫩，手法也不够娴熟，但每一次尝试都让他对机械的内部结构加深了一层理解。年幼的陈行行心想，如果将来有一天，自己能够加工既强大又安全的武器零件，那将是多么美好的事！

学校里，有几个老师是从内蒙古第一机械集团招过来的，这是国家唯一集主战坦克、轮式步兵战车、中口径火炮于一体的高新武器装备研发制造集团。老师们在上课的时候会谈起他们以前造武器的一些工作经历。

“导弹的内部结构中，最重要的是制导系统，这是导弹的‘大脑’，负责导航和定位，导弹能够精准命中目标，靠的就是制导系统。控制系统负责调整导弹的飞行姿态和方向，推进系统提供导弹飞行所需的动力，燃料箱、燃烧室和喷嘴就在这里。战斗部是导弹的‘弹头’，炸药、核弹头都储存在这里，破坏目标主要靠它。最后还有电源系统和结构体，它们为导弹的电子设备提供电力，承受高速飞行时的应力和热负荷。”老师们在讲台上激情洋溢地讲

2010 年，陈行行到广东佛山参加第四届全国数控技能大赛留影

着，台下的陈行行听得津津有味。儿时对武器装备神秘的向往，在课堂上变成了老师们真切的讲述，让陈行行仿佛又回到了小时候那些个靠着拆解玩具想象武器结构的下午，心里对军工行业萌生了新的悸动。

除了浪漫的想象，老师们对军工产品的严格要求更是再三强调："军工企业生产产品的逻辑跟大众行业不一样——大众产品对质量的要求一般不会很高，日常生活能用就行。军工产品不行，要求很高，产品内部结构也不一样。还有，民用产品是从节约成本的角度考虑生产，但武器不是，武器往往并非首要考虑生产成本。科学家最早在设计武器的时候，想的就是能不能满足功能性要求。"

一节节课听下来，陈行行对军工行业有了初步的认识。他知道，军工代表一个国家先进制造业的发展方向。一个国家最先进的技术，数控机床、电子信息技术、高端制造技术……实际上都是从军工行业开始的。可以说，军工技术引领民用发展。自己如果能够投身军工行业，为国家生产制造最先进的产品，那该是一件多么令人自豪的事！

2010 年，陈行行面临着就业的选择。这时候，他的理想目标还不是中国工程物理研究院（简称中物院），而是隶属航空航天系统的北京卫星制造厂——我国自行研制、生产和成功发射的第一颗人造地球卫星“东方红一号”、第一颗返回式遥感卫星、第一颗试验通信卫星和第一艘载人试验飞船“神舟一号”，都诞生在这里。浩瀚星空，火箭、行星、银河系……如果自己参与制造的火箭，能够穿过大气层，飞向遥远的外太空，在神秘的星空中自由穿梭，探索宇宙间那些未知的奥秘，那是多么令人神往！

遗憾的是，2010年北京卫星制造厂没招人。而同一年，时任中国工程物理研究院机械制造工艺研究所人力资源处招聘负责人邓升斌到全国大赛现场招人，在每个代表队挨个发传单。他们也打听到，山东有个叫陈行行的选手成绩不错，就来到陈行行的房间，直接谈起了入职意向。

邓升斌打开天窗说起了亮话：“大赛组委会有专家向我们推荐你，说你技术不错，我们单位在四川省绵阳科学城，主要做国防尖端武器，是国家计划单列的我国唯一的核武器研制生产单位。你熟知的邓稼先、于敏等‘两弹一星’精神的代表人物，都是我们院的。”

陈行行听到邓升斌说了一连串著名人物的名字——那是只有在课本上和新闻报道里才能听到的名字。他心想，自己去了这里，是不是就跟这些“大人物”成为同事了？

2012 年，陈行行（左四）与同校同学在中物院合影

当然更现实的原因是，那时候找工作也不是件容易的事，一家稳定有保障的单位主动前来联系自己，陈行行还是颇为心动的。

邓升斌察觉到陈行行有些被说动，便从上衣口袋里掏出一张单位带来的明信片，正面印的是中物院机械制造工艺研究所主体大楼，背后写着一行小字，不仔细看根本看不清。邓升斌悄悄地把明信片翻了个面，露出背后那行小字，拿到陈行行跟前。陈行行定睛看过去，上面写着：年薪不低于 6 万。

回到山东，陈行行准备跟自己工作的厂子的老板好好谈谈：“老板，比赛现场有家军工企业想招我，给的待遇也不错，在四川绵阳，他们入职时间催得紧，我想着过段时间就过去。”

老板一听急了，好不容易招来一个大学生，是厂里的技术骨干，在全国比赛中也拿过好名次，也是厂里要重点培养的。“那边给你多少钱？”老板单刀直入，一副急吼吼的样子。

“承诺年薪不低于 6 万块。”陈行行回答说。

“待遇不是问题，小陈。厂里和我本人对你都很重视，下一步还有意提拔你为车间主任。而且，昨天刚去了趟乡政府，乡领导说马上有二百亩地要批给我们。你放心，一批下来我们就建新厂区，划出一个十几亩再建一个机械加工厂，建好了你就当厂长，收入肯定比那边要高。”为了挽留陈行行，老板把公司的未来规划一股脑儿地吐了出来。

老板开出的待遇很诱人，不仅物质收入不错，还有管理岗位加持，厂子的发展势头也很好。是去中物院，还是留下来？一时间，陈行行陷入了两难抉择中。面对难题，还是得请教老师。陈行行来到了跟自己很要好的练军峰老师的办公室。

练老师从基层一线技术工人干起，最终成长为技术大拿，在陈行行眼里，他是神一般的存在。他原先在香港的一家公司负责模具制造，干了两三年后，因为签证到期，从香港回到山东菏泽一家职业中等学校当老师。2004 年，练老师参加了全国技能大赛，获得了全国第七名的成绩。彼时，山东技师学院改建成立，院长很有魄力，想要把学校打造成产学研一体化的工作平台和创新项目孵化基地，便从全国延揽了一批高技能人才。练老师通过全国技能大赛被招了进来，工作至今，一直是各届学生的学习榜样。

练老师一眼就看穿了陈行行心里的“小九九”。现在两方面都在向陈行行抛出橄榄枝，两个行业仿佛都热情地昭示着一条充满光明的大路。身边有的同学已经签了offer，有的准备继续深造，而陈行行还在犹豫。他知道，陈行行的心里像被两条看不见的丝线拉扯着，步子走得沉重而迟缓。

练老师率先打破了沉静，对陈行行说："厂长现在给你开出这么好的条件，是因为他现在暂时离不开你。你走

跟陈行行很要好的练军峰老师

了，厂子一时间玩不转了。如果有一天，他找到一个能替代你的人，现在这些待遇可就都泡汤了。你要是问我，我建议你放宽眼界，到更大更高的平台去。”

练老师作为一名过来人和行业大拿，和陈行行有着极为相似的人生经历。他们都是职业院校的学生，都有过全国大赛获奖经历。练老师贴己的一番话，给了陈行行很深的触动。是啊，工作不仅仅是换取生计的筹码，更是一个人与所生存的世界进行对话的方式。金钱和职位或许能带来短暂的满足，但唯有实现自己的人生理想，才是真正值得称颂的选择。

就像星辰不甘沉寂于夜空，每个心中有抱负的人，都不该被眼前的一点回报所困。人生下来就是不停地跟命运博弈后做出选择，那一刻，陈行行心里已经有了答案。陈行行果断给家里打了电话：“有一家军工单位想招我去工作，离家远，在四川绵阳，待遇好啊，一年能给 6 万块呢！”陈行行急忙给爸爸报喜。

电话那头传来的是短暂的沉默，随后妈妈先开了腔：“四川，前两年不刚地震完吗？你这一个劲儿过去，会不会有危险啊？以后再地震了，可咋办？”

儿行千里母担忧，陈行行理解母亲的担心。“妈，地震是突然的，又不会一直震。人家单位那么好，又稳定，待遇给得也高，多少人想去都没机会。这次人家主动找到我，这可是千载难逢的好机会。再说了，我一直想干军工，这也实现了我儿时的梦想啊。距离远没关系，以后常回家，我先干个几年，把情况摸清楚了再说。”陈行行的语气里，满是笃定。

紧接着，陈行行按照新单位要求，于2011年4月13日入职。从济宁到绵阳，有座位的车票根本抢不到，陈行行只能买到站票，三十多个小时的路程，一路站过去。

在熙熙攘攘的兖州火车站，陈行行看着逐渐消失在人群中的父母和哥哥，心里酸楚得不是滋味。行程一千四百多公里，他就这么离家而去了。但想着是去干自己喜欢的事业，他也就把心一横，手里紧紧攥着那张来之不易的火车站票，径直朝着列车奔去。

列车进站时，车厢里早已人满为患。陈行行背着沉甸甸的书包，提着装满家乡特产的行李箱，艰难地挤过狭窄的过道，一路跌跌撞撞，行李箱不时还磕碰到别人的胳膊和腿，陈行行只能忙不迭地说：“抱歉抱歉，不好意思。”好不容易在两节车厢的接口处找到一个站位，行李架却被塞得满满当当，他费了好大劲才把行李塞到一个没人用的座位底下。火车启动，车轮摩擦铁轨，发出咔嚓咔嚓的声音，窗外的景色伴随着车轮的行驶飞速掠过，陈行行却无心欣赏。到了晚上，陈行行越发觉得时间难熬。车厢里空间逼仄，站了一整天，浑身酸痛，感觉腿都不是自己的。身旁弥漫着泡面味、汗臭味、脚丫子味，这些酸酸臭臭的味道混杂在一起直往鼻孔里钻，他感到很不舒服。为了缓解疲惫，他只能把目光投向窗外。

窗外，月光倾洒，为大地披上一层银纱，静谧又温柔。列车依旧在铁轨上疾驰，发出有节奏的声响。车厢里已经有人进入梦乡，发出熟睡的鼾声。各种声音交织在一起，划破这夜的宁静。陈行行想到前方是他念之盼之的军工单位，后方是翘首以盼的父母，就告诫自己要默默忍受，静静等待列车抵达的那一刻。

第八章 跟邓稼先成为同事

列车一夜飞驰，中物院终于完完整整呈现在陈行行面前。

经过简单的入职手续办理，陈行行正式成为中物院机械制造工艺研究所的职工。入职后，院里安排了详尽的入院教育，主要讲质量安全、保密守则、文化历史。通过院里专家的讲述，这个神秘的单位慢慢褪去面纱，在他眼前变得清晰起来。他认识到，中物院不仅仅是我国战略威慑核心力量的重要基石，更是国家安全的重要盾牌。

翻开尘封的史册，中物院的厚重的历史感向着陈行行扑面而来。新中国成立伊始，面临着严峻的战争威胁。强敌环伺，大兵压境，从 1950 年到 1969 年，中国多次面临来自核大国的核打击风险。美国早在 1945 年就拥有了世界上第一颗原子弹，并保持着核垄断地位，对中国进行核讹诈。朝鲜战争期间，美国一些政客和军方人士曾多次威胁，要对中国使用核武器，试图以此来迫使中国在战争中让步。随即，美国在亚洲地区进行了核部署，在日本、韩国等国家和地区设有军事基地，并可能部署了核武器，这对新中国的安全构成了直接威胁。这种核前沿部署使中国周边的核安全环境变得极为复杂和危险，新中国时刻处于核打击的阴影之下。

苏联 1949 年成功试爆原子弹后，虽然在中苏友好时期曾对中国的核工业建设施以援手，但后来中苏关系出现裂痕，苏联也一度对中国表达过核威胁的可能。

西方国家在国际舆论上也进行孤立和打压，渲染核威胁论，试图在国际上制造对新中国不利的舆论氛围，新中国在国际舞台上面临诸多阻碍。面对这种局面，毛泽东始终把法国科学家约里奥·居里托杨承宗转告自己的忠告记在心上：“你们要反对原子弹，你们必须要有自己的原子弹。”来自外部严重的核威胁，更坚定了新中国领导人发展核武器，以核武器反对核讹诈的决心。

可喜的是，1954 年，李四光领导的地质部发现了我国的铀矿资源。1955 年 1 月 14 日，周恩来约请李四光、钱三强谈话，了解我国核科学技术的研究现状、核反应堆与原子能的原理，以及发展原子能研究所的所需条件。会议结束后，周恩来说：“我把打算筹建原子能研究所和核工业的想法给主席报告了，主席要亲自听取这方面的情况汇报。明天，你们还来，汇报要言简意赅，最好能带点实物来，这样效果会更好。”第二天，毛泽东主持召开了中央书记处扩大会议，讨论中国发展原子能事业的问题。当钱三强和李四光走进会议室时，他们发现毛泽东、刘少奇、周恩来、朱德、陈云、彭德怀、彭真、邓小平、陈毅、聂荣臻等中央领导同志都在场听取他们的汇报。

汇报开始，李四光从提包里取出一块黑色的铀矿石，说：“就是这样一块矿石，经过提炼和制作后得到的东西，能够释放出巨大的能量。”毛泽东兴趣盎然，拿过矿石察看了一遍，又让在座的其他领导同志传看。随后，钱三强汇报原子的结构原理。毛泽东引用《庄子·天下》中的一句话：“一尺之棰，日取其半，万世不竭。”——也就是说，一根一尺长的棍棒，每日截取它的一半，永远也截取不完，形象地说明事物具有无限的可分性。“物质是无限可分的，质子、中子、电子也应该是可分的……”在现场，毛泽东鼓励科学家们要进一步开展原子能科学技术的研究。

会议结束时，毛泽东再次发表重要讲话：“我们国家已经知道有铀矿，科学研究也有了一定的基础，现在到时

陈行行（右一）与所里同事在一起讨论工作

候了，该抓了。认真抓一下，一定可以抓起来。现在有苏联对我们的援助，我们一定要搞好！自己干，也一定能干好！”

有了来自党中央的最高指示，工作部署很快展开。1956年7月28日，周恩来向党中央建议成立原子能事业部。同年11月16日，第三机械工业部成立（1958年2月11日改为第二机械工业部），主管核工业建设和发展工作。

1957年10月15日，中苏两国政府在莫斯科签订了《关于生产新式武器和军事技术装备以及在中国建立综合性的原子能工业的协定》。1958年6月，毛泽东在军委扩大会议上指出：“原子弹，没有那个东西，人家就说你不算数。那么好，我们就搞一点。搞一点原子弹、氢弹、洲际导弹，我看有十年工夫是完全可能的。”随后，在苏联的援助下，中国于1958年建成了第一座实验性原子反应堆。1958年，中物院的前身——北京第九研究所（简称九所）正式成立，自此便开始了核武器研制的伟大征程。党中央一声号令，朱光亚、程开甲、王淦昌、郭永怀、邓稼先、周光召等国内和海外代表性的顶尖科学家、技术专家、科技人才和管理人才纷纷奔赴九所，组成了一支敢打硬仗的核武器研制大军。

就在九所满心鼓舞地加大研制力度时，1959年6月，苏联毁约停援，给原本就艰辛异常的研制工作雪上加霜。毛泽东毅然决定：自己动手，从头摸起，准备用八年时间，造出原子弹。“要下决心搞尖端技术。赫鲁晓夫不给我们尖端技术，极好！如果给了，这个账是很难还的。”毛主席拍板后，中央把原子弹工程定名为“596工程”，意在要造“争气弹”。

后来，党中央决定，要在青海建设核武器研制基地——221厂，选址在青海省海晏县的金银滩草原。那里四周环山，地势平坦，地域开阔，而且高寒缺氧、人口稀少，十分有利于建设大规模、需要高度保密和安全的核武器研制基地。这里封闭的环境也能有效减少外界干扰，降低泄密风险，周边的水资源、矿产资源也为核工业相关原材料供应提供了保障。虽然地处高原，但有铁路等交通干线经过附近，运输核研制所需的设备、材料以及人员往来等，都能满足。

核武器研制基地初具规模后，1962年12月，九所第一批技术人员和部分科研仪器设备向221厂转移。到1963年3月，221厂已具备了科研、生产、生活的基本条件，九所大部分科研人员放弃了首都的优越环境，迁往条

陈行行在所里进行技能技术交流

陈行行正在工作

件艰苦的青海，于敏、陈能宽等科学家和全国相关行业顶尖人才也陆续调入。

经过紧锣密鼓的研制，1964 年春夏之际，托举原子弹的百米铁塔在新疆罗布泊拔地而起。正式试验用的原子弹由火车、汽车运抵试验场区，科技人员对弹体各部件、控制系统和测试设备进行全面检测，各项指标均合格。1964 年 10 月 15 日深夜，操作人员完成了原子弹装置的核部件装配、上塔、插雷管等工序。

1964 年 10 月 16 日下午 3 点，距试验装置 23 公里的主控站计数器报出“零时”，操作员按下启动电钮，10 秒钟后，整个系统进入自控状态，倒计时开始，原子弹爆轰、压缩、超临界，最终爆炸。

一股强烈的闪光之后，便是惊天动地的巨响，接着巨大火球转为蘑菇云冲天而起，中国自行研究、设计、制造的第一颗原子弹装置爆炸成功。

1965 年 5 月，中央专委会批准建设代号为“九〇二工程”的核武器研制基地，选址在四川省山区。从 1969 年 10 月开始，九所由青海向四川九〇二地区搬迁。到了 1983 年 9 月 14 日，国务院、中央军委批准，对九所建设进行调整，集中到四川绵阳，由此在绵阳开始建设新的科研基地，工程代号为“839 工程”。

听着老师的讲述，陈行行仿佛是在翻阅一本厚重的历史课本。据老师介绍，中国有 23 位科学家获得过“两弹一星”功勋奖章，其中 9 位来自九所。老师还讲到邓稼先的故事，说在艰苦年代中国没有电子计算机，科学家们只能拨动算盘、手摇计算机，据说废弃的草稿纸装了几麻袋。这些泛黄陈旧的画面，一帧帧地从陈行行的脑海里经过，他觉得自己和邓稼先这样的民族脊梁的距离越来越近。

那天晚上回到宿舍，陈行行给家里打电话：“爸妈，你们都知道邓稼先吧，造原子弹的大科学家呀。你们知不知道，我现在跟他可算是同事呢！”陈行行把白天老师的讲课内容复述给父母听，在电话那头的父母虽然不能完全听懂，但听着身处一千多公里外的儿子讲到兴奋处，二人笑得合不拢嘴。

除了邓稼先等活在课本里的伟大人物，在中物院机械制造工艺研究所，陈行行也碰见了很多赛场上的偶像。在学校上学比赛时，这些技术大拿们在赛场上展现出的精湛技艺，曾让陈行行叹为观止，而如今，他跟这些曾经的偶像在同一个单位工作，每天抬头低头都能见到，还互相打招呼，陈行行感到这是一种非一般的感觉。比如，负责数控车铣中心机床操作的龚豪情师傅，在第二届全国数控技能大赛中获得数控铣职工组全国第二名，就跟陈行行同在生产军品的601车间。

第九章 慈师傅的教诲

入院教育结束，该到一线干活了。

中物院机械制造工艺研究所规定，所有新来的员工第一年为实习期，以跟着老师傅学习技术为主，不安排工时、任务量以及其他考核性工作。说白了，第一年就跟着师父学，看着师父干，师父怎么教就怎么干，先把手艺学熟再干别的。这种“以老带新”的培养模式，也是所里多年坚持下来的规矩，效果很好。

每对师徒可以共用一台设备，以方便师父手把手，把活儿教得更细致、更全面。望着眼前的床子，想到只有自己跟师父两个人用，这放在以前，陈行行根本不敢想象。在企业干活，第一天入职就下厂子，摸床子，动刀子，老板一溜烟的工夫都不愿意耽搁，生怕你喝口茶、偷个懒，影响产出和效益。到了所里，第一年居然不用承担考核性任务，只需要跟着师父学就行，工资还一分钱不少发。陈行行心想，以前自己真的就是“打工仔”，而在所里，他感觉到自己是这里的主人翁，他没想到天底下竟然还有这么慷慨的用人单位。

在中物院，有这么一句形容不同岗位不同分工的话：“科学家的梦想，工程师的蓝图，技能人员的产品，三者缺一不可。”陈行行应聘的是数控机床操作岗位，来了就干这个。在车间里，他负责把一块块毛坯、钢板加工成武器的某个零部件，或是椭圆形，或是长方形，或是正方形。普通机床一般只能加工一道工序，车、铣、钻、磨、刨、插等不同的工序得用不同的床子。而数控机床把所有工序集合在一个床子里完成，很考验操作者编程和调整工序的能力。

在技能行业，师父对徒弟的教导，其重要性怎么形容都不为过，可以说，师父是照亮徒弟职业生涯的启明星。

从最基础的识别工具、规范操作，到设计复杂工艺的微妙诀窍，只有师父用心用情，倾囊相授，徒弟才能第一时间心领神会，快速进步。

面对棘手的难题，师父能够凭借经验迅速剖析问题症结，指引徒弟发现解决思路，帮助徒弟少走弯路。从塑造职业态度的角度看，师父的言传身教影响更为深远。一个认真严谨、对技术精益求精的师父，会让徒弟也养成专注执着的工作习惯。师父精于研究，追求更高精度，徒弟会看在眼里，从而也会重视每一个技术细节，养成良好的职业操守。

幸运的是，刚到所里，陈行行就遇到了一位好师父——慈志刚师傅。

慈师傅是由军队转业到所里的技能人员，没有接受过正规的职业教育，所有技能都是在长期的工作实践和练习中靠自己的双手一点一点摸索和总结出来的。陈行行刚下车间，主任和慈师傅都知道他在外面的民企干过，觉得眼前这个年轻人跟其他人员应该不太一样——陈行行更有闯劲、干劲，关键是有自己的想法。

当时，车间主任找到陈行行谈话，问能不能优化生产流程，把工作效率提高一点，活儿干快一点。主任直

陈行行（左二）与同事们在讨论工作方案

言："把你在企业追求效率的好经验带到车间来！"而慈师傅知道后，也找陈行行谈心说："跟着我干，要求很简单，就是把你以前的那一套全忘掉，最好彻底丢掉，要不然会出问题。"对此，陈行行有点蒙——这天平的两端，他的双脚到底应该踩在哪一边？

在民企干活时，只有设计图纸，没有工艺流程，现场照着图纸干就完事。但在所里干每一件产品，事先都有技术人员编制详细的工艺流程。慈师傅说："你好好看看流程，好好看，认真读，摸清工艺再说别的。"

说实话，无论是在学校操作床子，还是在工厂干活，陈行行一直是比较"急"的，拿到图纸后马上就想加工出成品。他急切地按下操作台上的各种按钮，巴不得机床运转得越飞速越好，产品出得越快越好。但在所里，慈师傅先给他上了一道"紧箍咒"——不准动刀，先看工装怎么设计，刀具怎么摆弄。

陈行行心里有些毛，他十分不适应这种"慢"功夫。站在崭新锃亮的设备前，他的双脚不安分地交替轻点着地面，一边看着工艺说明，一边用鞋尖滑动着地面。双手在设备前下意识地反复握紧，握紧又松开，时不时地伸长了脖子，双眼盯着紧锁着的操作面板上的按键，等待功能启动的那一刻。他一只手不自觉地抬起来，快要碰到设备的启动按钮，但几秒钟后又放下，缩了回去，心想：看工艺？得看多久才能动刀子、干产品啊！这一遍遍地看，老不让开工，也不是个事儿啊！

慈师傅看到陈行行浑身散发的迫切想要立刻开启设备一展身手的劲头，嘴角展露了一丝不易察觉的微笑。慈师傅把陈行行叫到跟前说："我们制造的产品，跟外面的民企不一样。我们是产品的最后一道工序，一个产品到你手里之前，早已经过好多个部门、好几十道工序，每道工序都是一丝不苟地把活做细了、做瓷实了，才传到下一道。我们干的都是单件小批量的活儿，一年也就干几件，如果一个产品在你手里被一刀干废了，那么前面那么多工序、几个月的心血就全白费了。产品交付是有时间节点的，所有工序都得推倒重来，所有涉及的同事都得陪你通宵加班，把工期抢回来。"

听完师父的一席话，陈行行心里有些沉重。他发觉自己之前一味求快的思路，在所里根本就行不通。参加比赛要赶快把题做完，好超过别的选手更多些；民企里加工产品越快越好，好让当月的效益更好些。这些跟所里倡导的企业文化和工作方法完全格格不入。

身边有些经验的同事也在工作中告诫陈行行，所里对产品的要求是一定要保证百分百合格，工序百分百正确，原则上不能出现废品。这是所里一代代技术工人在机床前多年摸爬滚打总结出的方法论，看似是对新员工的约束，其实是最好的保护。包括慈师傅在内的不少老师傅，在单位干了一辈子，一件废品都没从他们的手里出去过。

在他们眼里，把产品干废了是一件特别耻辱和丢人的事儿。尤其是一些关键产品，一旦干废了，车间要开会分析原因，有的老师傅在会上是要痛哭流涕的——懊悔于因为自己的一点点粗心和疏忽，给单位和同事造成了极大的损失；要是工序上自己能再细一点，再稳一些，错误就不会发生。

一个是风，追求效率、追逐自由，无拘无束；一个是墙，坚守底线，纹丝不动，规规矩矩。陈行行对今后自己应该怎么干，心里逐渐有了底。

最让陈行行感念的是，慈师傅对待自己像一位父亲对待儿子那样亲切，从来没红过脸、急过脾气。如果自己在工序上稍微出了差池，被慈师傅发现，他也不发火，而是让陈行行自己总结，仔细回顾操作过程，进而在以后的工作中尽力避免。

有一次，陈行行因为一道工序失误，导致产品报废了。他心里害怕极了，因为这是一个重要产品。自己还在实习期，废品是要算在师父的头上算报废工时的。陈行行惭愧极了，觉得自己给师父、给所里添了麻烦。

慈师傅知道了，并不着急上火，而是踱步到车间外头，点燃一根烟，在袅袅腾空的烟圈下镇定了一会儿。陈行行低头走到师父面前，他知道慈师傅不会批评自己，但还是不敢抬头，嘴巴嘟囔着，有一肚子话但不知怎么说出口。

“年轻人做错很正常，报废是必然的消耗，不要太放心上。但这是一次教训，更是一次警醒。以后干活，一定要守住质量这个底线，保证交出去的产品百分百合格。不要着急动刀！不要着急动刀！万一干错了，刀子一旦切上去，就没有挽回的余地了。”慈师傅一边吐着烟圈，一边告诉陈行行。

听完师父的话，陈行行心里更难受了。把产品干废了，对于一个技术工人而言，是很不光彩的事，车间领导得找上级机关协商补救办法，可不是一件随便就放过的小事。他知道师父是为了让他心里舒服些，故意这么说来宽慰他。他明白师父的良苦用心，他只有在工作上用更好的

慈志刚（右）手把手教导陈行行

成绩来报答师父对自己的保护。

慈师傅不是光说不练，每次编完程序，对于每一个数控程序的参数他都认真核对，查看代码有没有写错。核对完后，他会跟陈行行说："小陈，你再帮我对一遍。一个小数点写错了，这活儿可就干废了。"逐渐地，陈行行的工作习惯发生了很大改变。能够多检查一遍就多检查一遍，能够多确认一步就多确认一步。后来，每回开工，陈行行至少自己核对两遍参数才动刀，以确保把犯错误的概率降到最低。

跟师父相处久了，陈行行发现优秀技术工人有着鲜明的特点。慈师傅在铣床和精密加工方面水平很高，所以所里经常让他承担精度高的关键核心产品的制造。这些精密产品的尺寸精度要求是极为严格的，经常控制在微米级，稍有疏忽，刀具路径偏差几微米，零件可能就报废了，前期投入的人力、物力、财力也就付诸东流。

比如航空发动机的叶片加工。叶片要在高温、高压、高速旋转的极端环境下工作，哪怕叶片表面轮廓仅仅出现几微米的偏差，都可能导致气流在叶片表面的流动状态改变。这看似微小的变化，会引发叶片震动加剧、承受应力不均等问题，极大降低叶片的使用寿命，甚至在飞行过程中引发严重故障，危及飞行安全。

又如芯片制造。由于集成度不断提高，线路宽度已进入纳米级，哪怕是几微米的尘埃颗粒污染，或是蚀刻、光刻等工艺环节出现微米级的误差，都可能让芯片内部的电路连接错误，导致芯片无法正常运行，整个芯片制造流程因此功亏一篑。

陈行行慢慢领悟到，在所里工作，所谓“速度”和“效率”说明不了实质性问题，对每一个数据、每一道工序都精准把控，才是干好工作的命门所在。一个产品的生产加工工序繁复，要经历多道加工流程，持续数小时甚至数天。如果缺乏耐心和毅力，面对较长的工作流程急于求成，就容易在操作中出错。只有秉持耐心，按部就班，稳扎稳打，才能确保每个环节、每个参数都不错，让生产加工的成果达到甚至超过预期标准，满足军工产品对高精度零部件的严格要求。

陈行行慢慢认识到，像他一样通过比赛脱颖而出的选手，经过专业的科班训练，脑子可能活一些，编程速度可能快一点，操作电脑软件的能力可能强一点，但很多干活的技巧、技术经验、加工方法，跟慈师傅这样的老师傅是没法比的，他们才是所里的“定海神针”。他们的双手布满了厚厚的老茧，那是无数次实操后留下的岁月的勋章。面对复杂精密的加工任务，新手可能对着设计图纸茫然无措，而他们只要目光一扫，凭借脑海中积攒的海量案例，瞬间就能梳理出最佳的加工思路。操作设备时，任何细微的异常响动，任何轻微的震动变化，都逃不过他们敏锐的观察与感知。他们总能精准判断到底是刀具磨损、零件松动还是设备参数偏差，从而迅速调整操作策略，避免故障扩大，影响加工质量和进度。遇到棘手的材料，他们依据过往经验，灵活调整加工工艺，巧妙运用不同的切削液、加工速度与进给量，驯服那些“顽固”的材料，让它们蜕变成合格的精密零件。更为重要的是，过往的几十年间，他们也踩过很多坑、犯过很多错，在一次次错误中了解到机床的性能局限、刀具的使用特性，强化了对技术原理的理解，从而激发创新思维，尝试新的加工流程，改良工具使用方法，在不断试错中追求更高精度的新境界。

“姜，还是老的辣。”陈行行默默告诉自己。

第十章 宋主任的一顿痛骂

工作之外，陈行行觉得，慈师傅既是自己的朋友，又是自己的家人。

慈师傅当过兵，经常给陈行行讲一些部队的故事。刚到部队的新兵，都得站岗。寒冬的凌晨，风如冰刀般割着慈师傅的肌肤，营地一片寂静。慈师傅笔直地站在岗哨上，身着整洁厚重的军装，领口的风纪扣紧紧扣着，钢枪紧贴身侧，双手握住枪身，手指的骨节微微泛着白。寒风吹得慈师傅耳朵发红，身体微微颤抖。四周安静得像是无声电影，偶尔有几片枯叶被风卷过，发出沙沙的声响。

“你不累吗，师父？”陈行行好奇地问道。

“当然累，不过我有办法。”慈师傅眼睛里闪过一丝狡黠。

陈行行还记得，有一天，慈师傅指着脚下一双新买的皮鞋说道：“我买了双新鞋，网上买的，你猜猜多少钱？”

陈行行大吃一惊。那时候智能手机和互联网购物并不普遍，身边很多人对此都持怀疑态度，怕是骗钱的套路，慈师傅居然敢直接在网上下单买东西。

“怎么也得好几百块吧？”陈行行回答。

“才一百多块。”说完，慈师傅露出孩子般的笑容。

2011 年过年放假回家，所里让新入职的年轻人早走几天。慈师傅问陈行行：“你哪天走？头一年别空着手回，我让你师娘煮点茶叶蛋捎上，带回家给父母吃。”后来，慈师傅亲自开车，把陈行行送到车站，看着他上了火车。走之前，慈师傅还千叮咛万嘱咐，让陈行行路上注意安全，一定要看好行李，到家就好好休息，别想着所里，这里一切都好。

慈师傅的一举一动，带着一股暖意，像是春天的激流般，冲刷掉他初到四川的陌生与不安。十几岁就出门漂泊，读中专，上技校，也曾去南方打工。在行色匆匆的学校里，在辗转找工作的路上，在机器轰鸣的工厂车间里，在狭小的出租屋里……行李箱的滚轮在一条条陌生的街道发出“吱吱呀呀”的声响，十字路口高楼的玻璃外墙反射着刺目的光，记忆中还有简陋的床铺和斑驳的墙壁……这一路的琐碎与艰辛，陈行行感觉自己就是孤身一人在生活的浪潮里随波逐流，停不了船，靠不了岸。此前他身边从来没有一个非亲非故的人，像慈师傅这般关心自己的冷暖，如今来到所里，他感受到家的感觉，慈师傅就是家人。

一年实习期转眼就满了。等到陈行行独立干活了，所里按惯例给他配备了一台五轴机床。当看到机床的那一刻，陈行行难以掩饰心中的兴奋。

五轴机床属于技术加工领域的高端设备。之前，陈行行在学校和工厂里根本没用过。说白了，这就是一台特别“灵活”的数控机床，能像人的手臂一样多角度干活儿——想象你手里拿个雕刻刀雕刻木头，用普通的三轴机床你只能上下、左右、前后动刀，刻个方方正正的盒子没问题，但想刻个歪歪扭扭的螺旋花纹，你得不停转木头，折腾半天。五轴机床可就牛了，因为有两个旋转轴，刀不

陈行行（左三）和同事们在一起讨论工作

仅能上下、左右、前后动，还能自己“扭腰”和“歪头”，刀可以斜着进、转着走，不用反复挪动木头，直接一气呵成，专治各种“刁钻造型”。

刚上手接活儿，陈行行充满了新鲜感，干着干着，浑身的经络仿佛被打通了。他站在机床前，双眼紧紧锁住飞速旋转的刀具，那专注的眼神，似是把每一刀下去产生的每一个细微的变化都尽收过去。

干活时，陈行行的世界里，机床就是一件精密的乐器，而他自己就是在舞台上指挥这场盛大交响乐的指挥家。开启机床，仿佛是拉开了演奏的序幕；电源接通，指示灯闪烁，宛如舞台上渐次亮起的灯光；调整参数时，他的双手在操作台上灵活地舞动着，犹如指挥家挥动着指挥棒。他时而精准地调节着旋钮，控制切削的深度、速度与供给量；时而快速地按下按钮，切换加工的模式，动作连贯而流畅，让每一个数字都成为和谐旋律的音符。

陈行行干活的速度很快。检验组的同事跟车间主任说，陈行行这小伙子，干活又快又好。主任看他干活很快，第二周随即布置了新任务。新任务批量不大，也就三五件，接手后陈行行觉得也简单，依照正常程序加工，整个流程没花太多工夫。

所里有一项成熟的保障产品质量的检验制度——首件检验制度。只有第一件产品通过了检验组的检验，工艺才算定下，产品才算定型，通过首件检验再干第二件、第三件。那一次，陈行行做的一个产品，首件完成后自己检查了一遍，没有问题，检验员检查也没验出问题，后来所有任务量完成后，检查员发现，有一个零件陈行行多打了4个小孔。

陈行行（右）与师父慈志刚在一起谈心

院里每件产品都有专业的设计图纸，对生产加工人员来说，图纸就是法度，必须遵守。如果产品不符合图纸要求，最后装配出来的产品的安全性、可靠性，根本无法保证。多打了孔，可能就是陈行行一时的疏忽，但对产品质量而言，就得彻底报废，需要重新投产，再来一遍。

人只要犯了一个错，后面也会接连不断地再犯更低级的错。果不其然，因为第一次干废产品，心态没调整好，

所里的老师傅给陈行行（右）传授工作经验

后面干活时，陈行行老是走神。他的目光没有像往常那样紧盯着刀具和逐渐成型的工件，而是恍恍惚惚的，不知望向哪里。切削的金属碎屑四处飞溅，本该全神贯注把控的尺寸精度，在他的脑海里逐渐模糊不清。他的手搭在操作杆上，没有了往日的果断和精准，而是任由机床发出不太对劲的声响。

接下来的两批产品，陈行行又给干废了。图纸在他眼前摆着，他也认真研究了，但一检查又是多打了几个孔或槽。有一批非常重要的产品，打孔的时候，他因为理解错误，把孔的位置打偏了0.3毫米。601车间的副主任宋志坤这下可坐不住了，他当即把陈行行叫来。

在宋主任的办公室，陈行行的脑袋垂得低低的——自己刚独立干活不久，满心都是对职业生涯的憧憬，却在近期因为经验不足、求快求成而捅了篓子。宋主任脸色铁青，语气中满是恨铁不成钢地说："这哪行啊，老犯错我们可受不了啊！工期到了，产品交不出去，责任谁来担？"

陈行行紧紧咬住嘴唇，越咬越用劲，都快把嘴唇咬成青紫色的了。他的双手不听使唤，死死揪着衣角，鼻尖微微地颤抖着，迟缓地呼吸着。他对宋主任说："主任，我……我真不是故意的，是我操作时考虑不周，太粗心大意了，给所里添了麻烦。”陈行行心里满是懊悔，想着原本能做好的工作，却因为自己的失误而搞砸。

看到陈行行垂头丧气、快要哭出来的样子，宋主任缓和了脾气，轻声说道：“我知道你们职业大赛出来的选手，都觉得自己牛，是天之骄子。刚接活儿，希望证明自己，想把活儿干得快一点、多一点。但所里有所里的规矩，为什么每个年轻人都要跟老师傅实习一年？就是希望你们能一点点学、一点点磨，把急躁都磨干净了，这是年轻人成长的必经之路。”

面对宋主任的一番教诲，陈行行只有愧疚与自责。事后，陈行行写了总结，也吸取了教训。宋主任最后表示，规矩不能破，该处罚还是得处罚。因此，陈行行重新学习了一遍质量体系文件，重新参加了考试。他暗自在心里发誓，以后一定要细心再细心，不再刻意求快，不再犯同样的错误。

痛定思痛。那段时间，陈行行把自己在学校、工厂和所里的经历通盘思考了一遍，认真分析每段经历中自己的状态、心理和工作方法。在民企工作，一般公司给产品定下的质量合格率是96%或97%，而在所里，因为产品的特殊性和重要性，这个数字无限趋近100%。所里接到的很多任务，产品只生产一件，备品备件的数量极少，因此基础材料成本很高，一块毛坯便宜的话几十元、几百元，贵的得几十万元、上百万元。

不仅仅是费钱，更重要的是政治上的影响。每干废一件产品，整个工作链条上的工作人员心里都不好受。哪个节点该交付什么产品，是早就定下的政治任务，你一刀给干废了，会给生产周期造成很大影响，链条上的所有工作人员都得陪你加班加点，把周期赶出来。陈行行明白其中的严肃性和重要性，知道自己不得有丝毫怠慢，得像慈师傅在实习期教的那样，动刀之前，一定要检查再检查，每个参数都认真反复核对，宁愿速度慢一点，也要保证不出错，努力做到尽善尽美。

经过一段时间的摸爬滚打，陈行行这只羽翼未丰的雏鸟，终于也迎来了振翅一飞的机会。当陈行行的工作尽显成熟和自信时，所领导认为，可以派他去比赛了。

第十一章 闭关园艺山

2006年以前，中物院的技能人员队伍基本由部队转业人员、“院二代”以及院属技校培养的一批学生组成。从2004年起，国家开始举办技能大赛。2006年，所里就尝试着从大赛中招来两名获奖选手。经过一段时间锻炼，所领导发现效果很好，那两人既会编程，手上功夫也好，培训几个月就能上岗，很多难啃的硬骨头，都能自己干完。领导渐渐觉得，大赛的确是一个招揽人才的好渠道。

2008年，所里正式出台招聘政策，规定所里技能人员只能招全国职业技能大赛的获奖选手。于是，2008 年小规模招了一批，2010 年大规模招了一批——陈行行就是 2010 年这拨被招来的，和他一起入职的年轻人同时还有 50 多个。

同事当中，不乏技能领域的佼佼者，在一起工作时，陈行行不免把他们取得的成绩当作自己学习乃至超越的对象。同年来所里的有个叫贾鲁的，拿过全国第二名，陈行行心想："这小子厉害啊，我才全国第四，他能拿第二，就证明比我优秀，我得向他好好学习。身边这么多高手，也许下次比赛我连所里都冲不出去，更别说到院里、省里、全国参赛了。"怀揣着这样的想法，相邻的车间的空气中似乎都弥漫着一丝无形的硝烟。陈行行心里憋着一股劲儿，他想用工作成果、大赛成绩证明自己的实力。

陈行行住在科学城三区，那时候单位没开食堂，职工们一般在外吃饭。2011 年的一天，吃完午饭的陈行行回宿舍休息，正巧碰上了同住三区的六所人事处技能竞赛负责人刘宝，当年正是刘老师把他招进单位的。刘宝拍了拍陈行行的肩膀说："明年就要举办大赛了，我们看好你，一定要在院里拿第一名，再代表咱院到全国去比。"还没消化完午饭正打着饱嗝儿的陈行行，被刘宝这一通鼓励吓蒙了，还没回过神来回答，刘宝就大踏步地走了。陈行行直愣愣地望着刘宝的背影说不出话来。

回到宿舍后，刘宝的声音还在陈行行耳边回响。这是单位领导对他寄予的厚望，可他却感到胸口像压上了一块巨石。他迟缓地打开电脑，看着电脑里密密麻麻的程序参数，手指悬在键盘上，却迟迟不肯落下。“这身边的同事都是国家队选手，我凭什么就能脱颖而出？”压力如潮水一般，快要将他淹没了。从那时起，陈行行觉得，业余时间不能再到处乱跑乱逛了，要集中时间精力准备比赛。

陈行行开始了没日没夜地闭关学习。举办大赛的消息很快传开，很多同事看到陈行行整天大门不出二门不迈，猜想他在备赛。于是，大家都不怎么聚在一起玩，纷纷闭门。有一天，做题做到晚上 11 点，陈行行有点头晕眼花了，他突然发现自己缺一份材料，便到隔壁屋一个同年入职的同事那儿借。他本以为大晚上同事怎么也卧床休息了，没想到，大门一推开，对方还趴在电脑前，眼睛直勾勾地盯着屏幕练软件。陈行行一下子就破防了：这哪能受得了，他练到 11 点不休息，我就练到 12 点，不然的话，赛场上我哪能比得过他！

后来，所里举行初试，陈行行总分名列第一。刘宝再

陈行行正在操作机床

次找到他说："好好准备，在院里比赛再拿个奖。"对陈行行而言，在院里比赛，比在全国比压力还大。自从刘宝再次"施压"后，他的生活就像是被按下了"混乱键"，原先的节奏全部被打乱，他为比赛重新建立起一套生活秩序。清晨，第一缕阳光照进房间，他早就睁开眼了。他躺在床上，肌肉紧张，眼睛直勾勾地盯着天花板，前一天练习的每个细节在脑海里短视频似的滑来滑去。以往吃得舒适的早饭，此刻也味同嚼蜡，刚想啃几口馒头，就因为满心的焦虑而放下。

周末不上班，陈行行一整天都在宿舍里忙着练习、做题、看书。到了晚上，他再次疲惫地躺在床上，肌肉紧张，眼睛直勾勾地盯着天花板。他根本睡不着觉，身体的劳累也抵不过精神的亢奋。只要微微闭眼，比赛的进度表、可能出现的难题就纷纷不请自来，在脑海里来回晃悠，让他翻来覆去，难以入眠。好不容易迷迷糊糊睡了过去，又在某一刻突然惊醒，原来是做了噩梦，梦见自己在赛场上又犯了致命的错误。梦醒过后，冷汗浸湿了后背，连脊梁骨都是凉凉的。院里的这场比赛对陈行行而言，既是崭露头角的机会，也是一场躲不开的暴风雨，把他的生活搅得一团糟，却又必须迎面赶上。

就在这个节骨眼上，一场病像一位不速之客，毫无预兆地闯入陈行行的生活。就在院里比完赛后，陈行行身心放松下来，耐心等待成绩公布。一天，他突然感到腹部袭过来一阵急痛，痛到自己咬牙切齿都忍受不住。他心里很不安，自己可不能在关键时刻掉链子，于是他火速赶到医院做检查，医生说就是普通的肠胃炎，输两天液就好。这时候，所里给他打来电话，说他在院里拿了第一名，陈行行胸口的大石终于落了地。但他的疼痛并没有随着输液而减轻，反倒肚子越来越大，胀气越来越严重，疼痛越来越厉害。院里知道陈行行马上要去省里比赛，随即给他安排了详细的检查。结果显示，他的阑尾都已经化脓了，需要开膛做手术，把五脏六腑都掏出来清洗。

这可把陈行行和单位领导都吓坏了，比赛箭在弦上，这时候做手术，无异于自断后路。车间主任找到医生，说院里决定，先不开刀，安排保守治疗，继续加大药量输液。输了几天，陈行行肚子里的胀气消了，也不疼了，他这才明白过来，之前医院严重误判了自己的病情，刀根本不必开，虚惊一场。

紧接着，陈行行代表院里到四川省比赛，也拿了个第一名。一路顺利走来，下一步就是全国比赛。人事处领导

陈行行正在做试验

告诉他："这段时间就别上班了，单位里人多事杂，一会儿给你安排个任务，一会儿又派个活儿，精力没法集中。所里给你找个工学院练习，好好静静心。"

就在一切准备就绪、只等开赛之际，2012年第五届全国数控技能大赛却跟陈行行开了个大玩笑。他所在的工种那一年因为没找到相应的赞助，提供不了四轴设备，比赛就这么取消了。那一年，同事孟庆津在他所在的工种比赛中，拿下全国第一名，载誉而归。陈行行心里很不是滋味。在工位上，他呆呆地望着电脑屏幕，眼神迟滞而空洞。就在不久前，他还满怀欣喜地想在全国大赛的舞台上，好好证明自己的实力，却落得这么个结果。回想起为准备比赛熬的那些个夜，反复修改的程序，还有向领导汇报想法时的雄心壮志，此刻都像是一记重锤般砸在他心上。他无力地靠向椅背，嘴角下垂，显出苦涩的样子，双手不自觉地揪着头发。

人事处领导看到了陈行行垂头丧气的样子，宽慰道："按照你的实力，肯定能拿第一，但因为没有这项比赛，这跟你能力无关，不要太放在心上。"

等到2014年大赛又至，院里出台了政策，让陈行行直接代表院里去省里参加比赛，陈行行也不出意料地获得了好成绩。他心想，自己一定要加倍用功，努力练习，拿下全国第一名，才不辜负单位对他的期望。

院里为了让陈行行专心比赛，通过培训中心的关系，在绵阳市园艺山的半山腰找了一间设备齐全的加工厂，让他练习。他每天早上过去，晚上回来。

园艺山湖泊众多。晨曦微露，第一缕阳光穿过树叶的缝隙，悄然地洒在登山的步道上。陈行行伴着轻柔的鸟鸣声爬到半山腰，清新的空气裹挟着泥土与草木的味道，瞬间将他包围。日日夜夜待在车间和工位，他都快忘了，大自然是怎样一番面貌了。这一刻，他甚至能看到水珠在身边的叶片上滚动，一滴、两滴、三滴……他的眼睛似乎都充盈着水汽与绿意。

爬到半山腰，青山层峦叠嶂，陈行行望着辽阔的湖面，水天相接，乱石嶙峋，杂草丛生，一派盎然的野趣。厂子周边绿树成荫，鲜花盛放，周围的小潭碧水清冽，山风温柔地刮过来，又刮过去，掠过水面，像是掠过陈行行的身体，让他感到清爽、恬淡、舒适。他心想，此刻要是能四仰八叉地睡倒在山里，那该多幸福啊。没想一会儿，他就走进厂门。他知道，枯燥的练习正等待着他，可能改变他命运的大赛正等待着他。

这次比赛，组委会提前把样题发给各参赛选手。陈行行想，我有样题，别人也有，样题都一样，想要突围，比的就是谁练得勤、练得多。

所里有老师事先给陈行行打过预防针，这次比赛，他可以说是孤军奋战。有的队，比如广东团，十几个人一起参赛，一道题分给好几个人做，有人分析工艺流程，有人负责编写代码，大家各司其职，遇到难题了还能有商有量。但陈行行所在的工种只有他自己，赛场上所有的大事小情，他都得一个人琢磨，一个人解决。面对这种窘境，他心里一点不委屈是不可能的，自己吃亏得很。

再难也得练，难题就在那儿，不会自己解决。拿着样题的加工图纸，陈行行发觉很有加工难度，可能一整天都做不完一道题。但他身边没有一起比赛的同伴，没法讨论做题思路，没法比较各自的做题时间。

陈行行紧紧攥着拳头，心想：路再蜿蜒曲折，也得走下去，一个人走也是走，哪怕走得磕磕绊绊，哪怕路上只有他孤独的身影。

第十二章 站上行业巅峰

厂里的生产一切如常，一位老师傅看到陈行行在车间里晃悠，扛着大包小包进进出出，很是纳闷。老师傅问道：“你哪儿的？你来干啥？”

“我是山下科学城的，我们领导跟厂里沟通好了，让我用你们的设备练习。”陈行行回答道。

老师傅听罢，脸上露出羡慕的神情，随即堆起了笑容。陌生的环境，陌生的床子，陌生的题目，陌生的师傅……在这个不大不小的车间里，陈行行感到空气变得滞重而黏稠，老师傅的笑容并没有缓解他的焦虑，他的脸上勉强扯出似笑非笑的弧度，嘴角却僵硬得不听使唤。

老师傅不再追问，很快把床子打扫出来交给陈行行，走时悄悄关上门，给陈行行留下一个安静的空间。陈行行长吁了一口气，他忽然觉得时间变得绵软和虚浮，自己的身体在其中也变得轻飘飘，仿佛一阵风就能刮走似的。他转眼看了看自己带来的一大包工具箱和两大包料箱，得有几十公斤吧。当目光触及这些辛辛苦苦背上山的重物时，他心里又充实而满意起来。

工具箱里装的是刀具、扳手、螺杆和虎钳，料箱里装的是45号钢的圆饼、未加工的毛坯料。整趟活计，从毛坯到产品，怎么加工，用哪把刀具，编什么程序，加工哪一部分，怎么翻面，怎么切割，陈行行在脑海里一遍遍过，把关键点一一列出来。他心里有了数，就开始撸起袖子大干一场了。

陈行行先是取出装夹的虎钳，安装在机床上，通过打表，把钳口拉直找正，再把压板用螺栓锁紧，把毛坯夹到虎钳上用力夹紧。毛坯稳固后，再把一支一支刀柄装到机床里，刀具齐整后，陈行行满意地点了点头，准备工作算是完成了。随后，他拿起图纸对着机床的显示屏，按照要求在键盘上输入加工程序，一个代码、一个代码敲进去，每输完一个程序就是一道加工工步，刀具随着程序到位，开始在坐标轴上按照预定轨迹移动。直线插补、圆弧插补……刀刃一点点逼近毛坯的曲线或轮廓，产品的一个弧面一点点被加工出来。紧接着翻面，另外一面还是未加工的毛坯状态，同样的操作再来一遍，翻了五六次，整个产品就加工出来了。加工完了还有后续，陈行行手握着游标卡尺、千分尺和塞规这类精密的测量器具，边加工边测量边校正程序，以达到图纸要求。如此反反复复，不厌其烦。

时间慢慢溜走，等到天色渐晚时，陈行行走出车间，此时夕阳的余晖犹如一层薄纱，轻柔地披挂在山林之上，给这片静谧之地染上一抹暖黄。晚风徐徐拂面，树叶沙沙作响，仿佛是在尽力拂去他满身的汗水与疲惫。他松了松肩膀，揉了揉双眼，扭了扭腰胯，随即踮起脚尖，往远处望，视线的延伸仿佛是身体的伸展，似乎要把浑身的酸痛都扔到山脚下去。眼前是暮色中的山峦，连绵起伏的样子，像是刚刚睡醒的巨人。

身旁的一汪潭水闪烁着细碎的金光，水面偶尔有小鱼跃出，划出一道道银白的弧线。还有残落的花瓣在山风里摇曳，风强了，它们飘飞在高处，像被撕碎的纸片；风弱了，它们坠落在低地，像细密的雨丝消失在泥土里，仿佛经历了梦一场。夜色越发深沉，飞鸟的身影在晚霞的光晕里穿行，鸣叫声也随之回荡在山林间。陈行行想，远处的科学城应该家家户户都在做饭了吧。他开始想念起那油烟混着饭香的味道，想念一千多公里外的老家里母亲蒸的白

2014年，陈行行参加第六届全国数控技能大赛开幕式留影

面大馍馍。天空渐渐暗下来，他咽下几口唾沫，感觉有些累，打了个哈欠后便踱步走回车间，像走入一个没有光的所在。

陈行行仔细做了统计，自己用 4 个半小时就能做完一套题，全国比赛的要求是 6 小时做完。得到这个结果时，他心里又燃起了兴奋的火焰，焦虑一下子减轻了许多。

在山里“隐居”修炼，是为了大赛上一飞冲天。很

陈行行正在参加中物院的活动

快，第六届全国数控技能大赛的正日子来了。陈行行从绵阳飞到北京参加比赛。

全国赛连比八天，陈行行所在的四川代表团手气不好，抽到最后一天的最后一场，这等于说陈行行比赛的时候离训练完已经过了十几天，对程序的熟悉度、操作床子的手感几乎都要忘了。比赛头两天，机器的精度很好，比赛过程中你用我用大家用，设备难免磕磕碰碰，而等到最后一天，挂了彩的设备已经不像头两天那么趁手了。

陈行行一个人躺在酒店房间，整整八天，他的心思全在比赛上。北京的景点他没心思逛，烤鸭、涮羊肉也没心思吃，本来想找个技校的车间练练手，但后来一想，要是出点儿问题也得不偿失。算了，还是埋头在房间睡大觉吧，把心态搞好，安安稳稳等到正日子的到来。

等到第八天，当赛场的灯光亮起，陈行行深吸了一口气，稳步迈向操作区。他的眼神里满是自信和专注，他紧紧盯住眼前那台精密的设备，仿佛整个世界只剩下他和手中的任务。这一刻，他已经等了好久好久。

比赛指令一下达，陈行行迅速调整好状态。他的双手好像灵动的指挥棒，精准地操控着刀具，每一个动作都流畅、干练，有节奏。零件在他的切割和打磨下，发出清脆有规律的声响，那是多年来他与机器达成的心灵的默契。测量尺寸时，他微微皱着眉，眼睛凑近量具，不放过一丝一毫的误差。

时间一分一秒地过去，周围紧张的比拼氛围越发浓重，陈行行依旧沉浸在与机器的对话中。操作杆勾画出的精密线条，刀具与零件的碰撞，旋钮的每一次转动，这些过程、这些操作他太熟悉，熟悉到闭着眼都能完成。他眼前机械的光影，仿佛一片阔大静美的星河。

加工还在继续，陈行行双眼随时盯着零件。他发现水没有上来，机床突然间剧烈抖动，发出“呜呜呜”的声响。于是他立马停止了加工，要找到问题之所在。根据多年经验，他判断应该是机床的切屑液没供应上。他立刻明白过来，这是最后一场比赛了，切屑液已经消耗了很多，自己加工时刀子切上，切屑液却还没打出来。他知道，没有足够的切屑液，金属材料会全部粘在刀具的切削刃里，“粘刀”以后，如果没有及时处理，刀具会马上折断。

比赛用的是直径 10 毫米的铣刀，每位选手只能使用一支，如果刀具折了，后面的零件特征就没法加工，比赛也就到此为止了。这时候，铁屑已经大量地粘在铣刀的切削刃里，陈行行必须果断作出处理。他找到工具把铁屑一点

陈行行正在接受媒体采访

点抠出来，再继续加工。

过了两个多小时，陈行行有些微微发汗，正当他调整参数、采用四轴转台加工圆周特征时，他发现机床的参数被前面的选手调整了，这样一来四轴机床的精度差了一度以上。他知道这是前面的选手故意搞破坏，不想让他取得好成绩。

怎么办？是继续干下去，还是向大赛组委会反映？比赛时间有限，只有个别选手能在比赛时间内加工完所有内容。如果他退出加工跑去举报，会耽误很多时间，这是无法弥补的后果。而且自己断然离开赛场，也会彻底打乱操作的节奏，等到再回来摸机器，手感就不一样了。如果这么做，依照经验，陈行行判断自己的名次肯定在10名开外了。“不行，现场一定稳住，人不动，心不动，继续干就是。”陈行行在心里告诫自己。加工结果出来后，轮廓和形状与原先的设计差了很多。交卷的时候，陈行行把调整参数的事儿反映给了裁判长和出题的老师，他们拷走了陈行行编的程序仔细检查，后来证明程序完全正确，问题出在机床的参数。哪怕现场出了这样的岔子，陈行行依然是唯一一个提前十几分钟交卷的选手。

比赛结束，陈行行一行人回到了绵阳。在单位，陈行行照常工作，努力不去想结果。2014 年 12 月，比赛成绩公布，陈行行获得了全国第一名。按照约定，大赛前三名获奖选手能被授予“全国技术能手”称号，第一名能被授予“全国五一劳动奖章”。也就是说，通过这次比赛，陈行行一箭三雕，把该拿到的荣誉和大奖都拿到了手，而获得这个成绩的选手，以后就不能再参赛了。可以说，此时的陈行行，已经站上了行业巅峰。

站在最高领奖台上，聚光灯炽烈地打在陈行行身上，年纪轻轻的他显得有些淡定。看着台下那些或羡慕或惊叹或带着一丝不服气面孔的同事和同行，他的心里五味杂陈，不知是想哭还是想笑。

“我真的做到了……”这是一个以技术为志业的人，站上全国最高领奖台上最纯粹的欣慰，心底的喜悦像是烟花般在心里炸开。少年即有大志的陈行行，对于这一刻，早就憧憬了何止千万次。可当梦想终究实现的瞬间，兴奋的浪潮拍打了几个回合后，很快退去，取而代之的是心之海深处沉沉的回音：“以后，我还要追求什么呢？”这个念头反复在陈行行脑海里盘旋。一边是功成名就的满足，一边是对未来方向的惶恐。他知道，这个成绩让他拥有了许多，但也让他失去了一些东西。以前那种为梦想、为

陈行行获得全国五一劳动奖章时的留影

事业、为技术一点点精进而全力以赴的劲儿、不服输的劲儿，似乎在自己登顶的瞬间被抽空了。

台下的掌声还在继续，陈行行知道，这掌声是同行对他的鼓励，他用很多年轻同行不可想象的速度抵达了这个行业高度，速度是他的功勋章，是他引以为豪、值得称颂的标签。可不知怎么，他耳边忽然响起慈师傅的一句话：不要着急动刀，不要着急动刀，万一干错了，刀子一旦切上去，就没有挽回的余地了。慈师傅的口气温暖，绵糯，像是三月的春风，吹进他的耳畔。

想到这里，陈行行心底涌起了阵阵不安——高处不胜寒啊，要守住这份荣耀，比得到它还要难。要是不能保持领先，要是下一秒就跌入谷底……恐惧和不安紧紧攥住他的心。他突然想到师父的话："不要着急动刀！"是啊，何止是动刀，人生需要很多的"不要着急"。陈行行深吸一口气，握紧手中的奖杯，暗暗告诉自己：这只是开始！

第十三章 接手重要任务

在所里，让陈行行印象深刻的工作任务，是接到的一次紧急而高难度的任务——分子泵动叶轮加工。

那是 2014 年春天，所里让他加工分子泵动叶轮这个产品。分子泵作为获得洁净真空环境的重要设备，在现代工业中得到了越来越广泛的应用，高速、小型化是其主要的发展方向，最高转速可以达到 90000r/min。

分子泵是利用高速旋转的动叶轮，把动量传输给气体分子，使之获得定向速度，依靠高速旋转的动叶轮和静止的静叶片相互作用，实现抽气。目前，涡轮分子泵已经成为质谱分析、真空检漏、高能束焊接、半导体制造等方面的关键部件，用于获得洁净的高真空环境。

在分子泵内部，动叶轮是绝对的核心部件，承担着将气体分子高效排出的重任。本次任务的动叶轮由高强度铝合金制成，质地轻盈却坚固耐用，巴掌大小的动叶轮却密集分布着 144 只精密的叶片，每个叶片都是弱刚性的悬臂结构，并且加工精度要求高、表面质量要求高；叶片之间空间狭窄，所有叶片从中心向边缘呈放射状延展，犹如绽放的金属花瓣，承受着高速旋转产生的巨大离心力。

当分子泵启动时，电机驱使动叶轮飞速旋转，转速可达 90000r/min。在这样高速的运转下，气体分子被叶片捕获，随着叶片的转动被甩向泵的出口方向，就像被无形的大手推动着前行。每一片叶片都如同一个微笑的“动力引擎”，无数叶片协同工作，使得气体分子在短时间内获得足够的动能，进而实现快速抽气，帮助分子泵在高真空环境下稳定运行。

如此重要的动叶轮在加工过程中却遇到了几个难题：一是采用五轴联动加工叶片效率低，一个动叶轮光是叶片铣削工序就要花费八九个小时；二是由于叶片刚性弱，铣削过程中叶片会发生颤振，导致表面质量差；三是由于每个叶轮的 144 个叶片边缘都会产生大量细小的毛刺，需要由后续钳工师傅手工去除，耗时耗力。

对于叶片铣削效率低的问题，陈行行心想，八九个小时才能干完一件，这样下去可不行。高精度五轴加工中心的工时费就得 500 元 / 小时，再算上材料成本、人工成本，这么做下去产品成本太高了。因此，工艺流程要优化，能够快一秒就快一秒，产品质量能提高一点就提高一点。

这个产品对精度的要求很高。正常加工的产品精度保持在 0.01 毫米到 0.02 毫米之间，而这个产品大部分尺寸精度要求在 0.001 毫米，这是一个比头发丝还要细的精度。

陈行行先是从装夹方式和设备开发上想办法。以前用的是五轴联动的方式，加工起来五根轴摆来摆去，加工一刀就得抬起来，如此反复，耗费工时。陈行行决定减掉两轴，用三轴螺旋加工的方式，设置程序让刀具一层层、一圈圈往下铣。

这一大胆的创新，源自陈行行在比赛中的经验。比赛尤其是全国性比赛的试题，有着引领行业发展的倾向性，市场上还没用过、不敢用的技术，往往会被吸纳到大赛试题中来，以检测技术的可行性。陈行行在以往的比赛中做过类似尝试，因此比一般职工胆子更大，一上来就敢于砍掉两轴。这么一通操作下来，叶片的加工时间从九个小时变成不到两个小时。

针对叶片加工表面质量不高的问题，陈行行则是从加工刀具的选择入手。这个产品内部结构狭窄，用到的刀子是缩颈加长的圆角铣刀。刚开始做时，陈行行用一把大一

陈行行正在分享自己的工作心得

点的刀具，把周围的粗加工做完，留下0.1毫米的精加工余量。但这么做有个坏处，得用到很多刀具，加工出的产品壁厚过于薄，刀子用多了，产品本身表面质量也受影响。陈行行想，干脆不做粗加工了，而是一步到位，用小刀子直接做精加工。加工上面的时候，产品的下面是毛坯状态，在结构上给上面形成一个很稳固的支撑，从而保证加工的每一刀下去，产品的刚性还能保持得不错，不会产生变形的情况。就这样，陈行行巧妙地解决了叶片加工表面质量不高的难题。

最后解决的是叶片边缘毛刺的产生问题。然而，就是这些美丽的叶片，在加工师傅的眼里，却是无数密密麻麻的毛刺。毛刺过多，会导致动叶轮的动平衡不好，长此以往，使用寿命会降低。因此，做这个任务，首先需要下苦功夫，钳工师傅得用小刮刀片，把一个个毛刺刮干净。手工刮毛刺，刮出来的平滑度、整齐度不如机器加工得好，往往是这缺一块儿、那缺一块儿。而且，一个师傅一天能刮多少？这样累死累活干下去，加工效率也低。陈行行和工艺技术人员一起想办法，从装夹方式上，从编程的刀具轨迹上，从切割参数的选择上，考虑怎样更好地去掉毛刺。最终，陈行行选择从数控加工程序的参数上进行控制。因为这个产品是科研产品，允许在一些试验件上做一点程序验证，这意味着他的探索和尝试可以更大胆一些。他在原本的程序里加了参数控制，让加工过程中自然形成小圆角，再铣出来就把毛刺给去掉了。很多老师傅去看，觉得以前没见过这种加工方式，刀子下去以后拼命在转动，感觉像在播动画一样，速度非常快，加工完产品的表面也是光滑平整的，没有毛刺了。

后来，陈行行才知道，当时一个进口的分子泵要卖六七万元。但因为他和团队对加工方法的改进，实现了动叶轮的精密高效加工，支撑了分子泵的成功自主研发，价格也降到了三万元一台。我国由此打破了国外的垄断，再也不用进口高价的分子泵了。

还有一次重要的生产任务是在 2015 年，所里需要陈行行在一个设备的圆盘上打 36 个小孔。在此之前，他们所接到的打孔任务，要求是孔径在 0.2 毫米左右，这个尺寸正常人肉眼至少能够看得见。但这次，所里要求他打出 36 个 0.06 毫米的微细孔，这种尺寸要求，所里之前没有人干过。

“任务摆在那儿，像是一个定时炸弹，你不去做，它依旧在那儿一动不动。”陈行行心里感觉压力巨大，嘴里不停地咽着唾沫，喉结也跟着上下滚动，仿佛嗓子里吞下了一个滚烫烧红的铁球。那天，厂房外的阳光突然照进来，直接打在陈行行脸上，变得十分刺眼。他仿佛感觉到那些极其细微的小孔突然密密麻麻地出现在眼前，在这刺眼的阳光照射下，模糊成一片片凌乱的光斑。

陈行行心里盘算着自己能不能做到。他既想挺直腰杆应下挑战，证明自己的能力，又有一个“不可能完成”的念头在心里挥之不去——真要是完不成，搞砸了，该怎么

陈行行在所里留影

向所领导交代？想着想着，冷汗顺着脊梁骨往下滑落，陈行行像是被架在火上烤的一条鱼，无比煎熬。

“干，还是得干！”陈行行暗自给自己打气。他拿起了做任务的刀具，突然发现这个刀具的刀尖，肉眼根本看不见。连刀尖都不知道在哪儿，加工的时候怎么对刀呢？怎么设置加工参数呢？怎么实施加工呢？加工的时候怎么防止钻头不断呢？一连串的疑问纷至沓来。完成这个新任务的逻辑，像是一团乱麻，把他原先熟稔于心的操作流程都打乱了。他满脑子都是不停打转的问号，眉头拧成了解不开的死结。

带着巨大的疑问和压力，陈行行还是硬着头皮走到机床跟前。机床本身带有对刀仪，但刀头实在是太小了，高精度的对刀探针根本检测不出来。他睁大双眼用力地看，刀尖也根本看不见，这样下去，对刀的时候，刀子很容易扎到工件上。

为了解决加工安全问题，陈行行请来了一位“外援”——一张白纸。他把白纸垫在刀具下面，随着刀子的轻轻下降，他就一边按照下降的节奏来来回回扯纸，好发现纸张什么时候会出现一些阻尼。阻尼出现时，陈行行基本上就能判定刀子与工件之间只差着一张纸的距离。然后，他再稍微把刀尖往上抬一点点，保证刀具加工时不会直接撞在工件上。

解决了加工安全问题后，陈行行开始加工第一个孔。他先设定了一个基础尺寸，然后观察刀尖能不能切到。如果切到了，就说明对刀成功了。如果没切到，就说明对刀的误差还比较大，中间的距离和尺寸就还要继续调整，直至成功对刀。

看着眼前精密的机械结构和高速运转的刀具，陈行行一遍遍调整，一遍遍试验。他知道，加工这种难度的工件，必须保持高度的专注与谨慎，任何一个细微的疏忽，或是不经意的走神，无论是参数设置的微小偏差，还是操作步骤的顺序错乱，都有可能导致试验失败，工件报废。功夫不负有心人，来来回回试了不知多少遍后，对刀终于成功了。这个技术难题，在陈行行敢想、敢干、敢试验的努力下，得到了解决。

2017 年，陈行行的设备被所里“没收”了。领导觉得，以陈行行目前的能力和水平，以及在大赛中取得的成绩，再操作具体设备不太有必要了，应该让他承担起前期工艺优化、带领团队等更重要的责任。毕竟能把一支队伍带起来，比自己个儿在床子上干得昏天暗地要重要得

陈行行在自己工作的车间拍照留念

多。一个成熟的、能力强的技工，比刚入职的新手干活要快两三倍甚至四五倍，但意义都不大，如果他能让所里加工中心队伍的整体加工能力得到提升，那才是好钢用在刀刃上。对所里而言，一个优秀的带头人，一支加工水平整齐、配合默契的团队，比一个人孤军奋战要重要得多。

正巧这时候，所里的国家级技能大师韩长庆荣获中华技能大奖，被人社部命名为“韩长庆数控车技能大师工作

陈行行成了工作站负责人，图为授牌仪式活动合影

室”。所里开会决定，除了人社部命名的这个工作室，另外再成立6个所级的高技能人才工作站。当时，所里人资处负责工作站筹备的董春强找到陈行行，希望他能领办两个工作站，一个是加工中心高技能人才工作站，一个是壳体加工高技能人才工作站。经过一个月左右的筹备，所里开了一次工作站授牌仪式大会，陈行行正式成为以上两个工作站的领办人。

以前，陈行行是等着班组长分配任务，然后他正常加工。但现在，他需要带领工作站的同事们一起搞技术创新，做好“传帮带”，还要经常组织一些技能培训课程，带领团队一起进步。

陈行行知道，这是所里对他的器重。他现在的身份和角色已经不是一个普通的技术工人，而是摇身一变，成为团队的带头人。他需要靠着自己的工作心得和比赛经验，帮助团队成员解决复杂的技术难题。遇到新型设备故障或者工艺难题时，他需要敏锐洞察，迅速找到问题的根源所在。他还需要言传身教，将自己的技能经验传授给年轻的队员，帮助他们快速成长，为所里带出一支高素质的技工队伍。

以前，陈行行一个人干一台设备，是没多大压力的，工作流程轻松就能把握。但现在，要把团队带好，让大家都能干出好成绩，这当然很不容易！

技术创新是推动行业发展的源动力，陈行行决定就从创新下手。

第十四章 挑起智能制造的大梁

2018 年，所里接到一个产品的加工任务——精车一批高精度薄壁回转零件，这个零件的外形已经基本加工到位，这次加工需要进行一次精确的校正。之前做校正都是在机床内部进行，每次操作都需要技术工人打表，然后反反复复去装夹校正；零件的位置，得经过一遍遍的调整，要跟主轴完全同轴。完成这一系列操作后，车削过程其实只需要一刀就行，大概两三分钟。但前序的整个装夹校正的时间要花近十分钟。

陈行行（前排左四）带队参加 2017 年中国技能大赛

看着这个局面，陈行行心想，这样下去设备大部分时间都是用在装夹校正上，实际的车削时间非常短，这样设备的利用率就太低了。另外，产品要在机床内部校正，技术工人得侧着身子站着操作，站得时间长了人也累，而且站姿也很不协调，劳动强度太大。操作过程中，产品还会发生一些质量问题。因为主轴是卧着的，产品得采取吸附装夹的方式，要侧放吸附在主轴上。如果吸附力调整得不好，产品就很容易跌落摔坏，或者发生意外的跌落。

产品这样加工，肯定不是合理的状态。陈行行带领团队开始想办法。他们先在机床外做了一个小型的高精度的转台，再给转台加上一个零点定位系统，然后把产品装到零点定位系统的子盘上。操作完成，这套系统就变成了一个机床外的预装台，技术工人可以坐在机床旁校正，零件也不会掉落。产品校正好以后，把零点定位系统的子盘直接拆下来，装到主轴的母盘上去。通过子盘与母盘的高精度对接，完成了一个基准的高精度传递。

采用这个办法，装夹校正的时间从近十分钟缩短到一两分钟。而且，技术工人的校正姿态也好了，不用那么累了，产品也不会在校正过程中往下掉落了。同时，机床一直在干活儿，没有停止的时间，机床的设备利用率在无形中也提升了很多。陈行行发现，运用了新工艺以后，这个零件的加工效率至少提升了三倍，包括零件的精度和质量也都得到了大幅度提升。

近几年，陈行行带着团队做了不少技能培训，统计下来有 2000 学时左右，全单位大概有 4000 人次参加。参加培训的技术人员有在所里实习的学生，有需要晋升职称的技术工人，甚至还有很多硕士、博士都参加过。

除了加强技能培训，陈行行还组织过 10 余次国家级的技能大赛集训工作。所里直接把数控车、加工中心、模具设计、计算机辅助设计、智能制造等相关工种的赛前培训任务交给陈行行的工作站。作为指导老师，陈行行带着学员们一起学知识，练手艺，操作设备，仿佛又回到了校园里那段青葱岁月。

从 2021 年开始，陈行行明显感觉到了工作内容的变化和所里的战略调整。这时候，机械加工领域已经面临着智能制造掀起的一场翻天覆地式的革命与挑战。

智能制造的迅速迭代与发展，促使人工智能、大数据、物联网、5G 等新一代信息技术与制造业深度融合，催生了一系列新技术与应用场景。3D 打印、数字孪生等新兴技术的发展和应用，为产品设计和生产也带来了新的思路和方

陈行行在德国培训时留影

参加“五一”国际劳动节节目录制活动的劳模工匠合影，左一为陈行行

法。整个行业对技术人才的需求发生了革命性的变化，不仅需要掌握传统制造技术的人才，更需要具备跨学科知识的复合型人才。越来越多的工作，既要懂机械加工，又要懂数据分析和人工智能。

为顺应智能制造的发展趋势，所里决定，自 2021 年 4 月起，将现有一个数控化车间升级为可以进行自动化生产的车间。同时，对一线的技术工人进行缩编，在岗的技术工人从事的体力劳动要尽可能减少。也就是说，以前需要人工手动操作的劳动，以后都要通过自动化的方式来实现。目前，陈行行的车间已经完成了部分设备的自动化改造，整个车间设备的整体利用率和生产效率都得到了大幅提升。

关于智能制造，陈行行还有更深的考虑——目前他正带领团队做自动化预装技术的攻关。如果这项技术全面铺开，那么对生产模式和招聘方向的改革都是革命性的。以后，高水平的技术工人就可以退到后台，只做编程和技术准备工作。生产辅助区方面，可以从社会上招聘一些技术不用太过硬、会一些简单操作的人员，做一些产品装夹、刀具装夹及产品拆卸、清洗、去毛刺等基础性工作。产品前台都通过自动化的方式来完成，达到一个“前台无人、辅助区少人、后台集中人”的生产和操作模式。高水平技术工人可以从烦琐的操作中解放出来，从而将智慧更多运用在生产模式的创新上。

在陈行行看来，这样的工作并不只是他们单位在做，而是整个现代制造行业面临自动化转型的大趋势所在。“如果我们不做，很可能在很短时间内，就会跟社会上的制造业脱节了。”陈行行经常说。

多年来在行业里摸爬滚打，陈行行耐心地观察着行业的细微变化与向前进步。他知道，如今外面很多厂家，比如汽车制造厂、手机制造厂，这些需要大批量生产的厂家自动化做得都很好。但自己的单位是以生产单件、小批量产品为主，虽然产品的批量不大，但种类还是非常丰富的。以他的经验看，目前在国内制造行业，单件小批量能够实现自动化生产的厂家是少之又少的。

当然，自动化之路不是随随便便、三言两语就能走通的，尤其是主攻单件小批量的生产线。外面很多企业，比如一家生产轮毂的企业，建一个自动化的生产单元，一年生产 20 万件起的轮毂，是很容易办到的。但在所里，陈行行面临的生产对象是单件、小批量、多品种生品，自动化建设的难度和要求会比外面高很多很多。正因如此，陈行行面临的挑战和压力也是前所未有的。

现在所里很多自动化单元能够实现每周工作 6 天，每天工作 24 个小时，不停地干活，生产出的产品精度非常高，质量也能得到保证。专心做自动化生产以后，陈行行有了一个突破性的发现：这三四年来，一线从事生产的技术工人越来越少，但所里的生产任务量却是逐渐增多。人

陈行行参加“大国工匠·湖湘论坛”

陈行行在国务院新闻发布会上发言

少了，活多了，每年的生产任务还能按时按量圆满完成，大家也没拼命加班。陈行行知道，这就是自动化生产单元的力量。

“当然，目前所里车间自动化生产设备的占比不高，离院里要求还有不小的距离。”未来的几年，陈行行会把更多精力投入自动化项目中，努力提前完成院里的目标任务。

技术工人与科学家之间的身份界限和差异，正在逐步被淡化。以前干工作，是由科学家提出一个想象，然后交由工程师来设计操作图纸，再交由技术工人完成产品加工。整个生产链条上，各自有各自的功能和定位，大家各司其职，井水不犯河水。但现在局势可不一样了，这种功能上的划分正在逐渐模糊，越来越多的技术工人，已经具备很大的可能性走进工程师的队伍。陈行行意识到，技术工人的道路正越走越宽，身上的自豪感也与日俱增。

从一线操作技术工人，到工作站领办人，再到如今的生产线建设者，陈行行完成了职业生涯的一次蝶变。车间里机器的轰鸣，此时已经渐渐低缓成记忆里的轻声细语，陈行行用双手摩挲着他再熟悉不过的设备。机器无言无语，像一棵沉默的老树，把时间都刻进一圈圈年轮里。他

陈行行（前排中间）和他的同事们

陈行行在四川大学宣讲

陈行行在中物院首届青年论坛发言

伸手轻轻触摸着仪表盘，像是触摸着老树的年轮。

曾几何时，机油味混杂着金属的清冷味，是陈行行最熟悉的气味。从一无所知到熟练操作，每一道精准的工序，每一次故障的排除，都倾注着他无数的耐心与心血。那些挑灯夜战、攻克难题的晚上，汗水滴滴答答坠落在冰冷的零件上，也滴进了陈行行心里。零件上的汗水顷刻间蒸发，而他心头的热血却始终滚烫。“不见不散。”陈行行在心里对它们说。

后 记

在四川绵阳科学城的招待所第一次见到陈行行，最让我惊讶的，是他说起话来滔滔不绝的那股劲儿。

见面前，我查阅了不少关于陈行行的资料，对这个年纪轻轻就取得众多荣誉的技术大拿有了一些模糊的认识。但在我惯常的意识中，一个从事技术操作的人，尤其是服务于核武器制造领域的高级技工，应该是一个沉默寡言甚至有些“嘴笨”的角色。但交谈不过十来分钟，我的“成见”就被彻底融化。

我与陈行行从他的出生、成长聊起，聊到他为何选择技术道路、如何进入职业院校、如何在全国大赛上展露风采、如何被如今的单位选中干出了一份“惊天动地”的事业……他回答起问题来，像是一只“怒发冲冠”的雄鸡，尤其是讲到他人生的某些高光时刻时，语言犹如黄河之水倾泻而出。他的高亢、热烈、激情四溢，他对岁月深处某些生活和工作细节的敏感，他对本职工作那种无上的荣耀感，都让我动容。爱因斯坦说，“兴趣是最好的老师”。我感觉到他是个真正热爱技术的人，他爱得热忱、爱得坦荡、爱得不顾一切。通过他连贯的回忆与讲述，我能清楚地感知到，无论是在全国技能大赛闪烁的灯光下，还是在深山老林里寂寞的练习车间，只要一站到数控机床前，他的快乐和骄傲就像山涧里的一股清泉般汩汩流出。我和他酣畅淋漓地交谈着，你一言我一语间，没人知道太阳什么时候挂到了半空中，又什么时候悄悄西沉。前些年流行过一个概念叫“心流”，描述的是一个人在全身心投入某项活动时所达到的一种最优心理体验状态，那天从早到晚不间断的问与答，我们都体会到了这个概念的内涵。

陪同我采访的工会主席代老师，提到陈行行，也满脸都是笑。按理说，作为同事，又在单位负责职工工作，关于陈行行的故事她早就听了一遍又一遍。但聊到关键处，她还是会兴奋地参与讨论，帮助回忆某些情节，加入她的视角和观察。这说明，哪怕是听了很多遍，只要是好故事，哪怕一讲再讲，依旧能勾起人的兴趣，让人印象深刻。

如今，陈行行已经成为单位里的青年骨干和技能带头人。他频频接受各大媒体的采访，在各个高端舞台介绍自己和单位的成绩。聚光灯下的陈行行，已成为一代为国防工业献身的技能型人才的生动代表。他们长年累月在大山深处默默耕耘，他们制造的产品成为我们国防工业的拳头产品。在这个众声喧哗、流量至上的年代，他们当中理应推出一个“陈行行”。陈行行“国防新锐”因此被推到舞台中央，被高光照亮，被更多人知道。

年少成名的陈行行，在业务上已经取得了令很多同龄人羡慕的成绩。但谈及家庭，他作为一个山东汉子的柔软一面还是会不经意地显露。他工作很忙，且具有高度的保密性，妻子对他无条件支持；他十分享受跟妻子和孩子一起出游，那是在高度紧张的工作间，令他无比放松的时刻。他至今难以忘怀的是，爷爷在老家生病去世时，自己却无缘得见老人家最后一面的遗憾。在陈行行的记忆里，爷爷虽然文化程度不高，但永远穿着干净整洁的中山装，拎着规整的公文包，上衣口袋还别着一支旧钢笔。他回忆起爷爷所表现出的温情，与他讲述工作时的激情，像是水与火的纠缠，让他成为一个更为丰富、更为可信的大国工匠。

那天在绵阳市区吃完晚饭，陈行行带着我们一行人来到了绵阳的标志性景点——越王楼。这里的风景，曾让李白、杜甫、陆游等众多古代文豪都不吝惜笔墨去赞颂。而让陈行行骄傲的是，他的天府英才卡，能为我们一行人免票。在陈行行的加持下，我们哼哧哼哧爬到了楼顶，灯光璀璨的城市，温婉流淌的涪江彻彻底底在眼前浮现。这里视野开阔，一伸手仿佛就能摘下月亮来。暗夜里的涪江无言无语，静得仿佛听得到每一滴江水流淌的声音，看得到每一道波纹在华灯下闪耀的身影。远望去，在青山翠木的掩映下，就是陈行行的工作单位。那里的每一个人，都像这涪江的水滴一样，虽然静默无语，却组合成强大的势能，穿破一切阻碍，流向无穷的远方。

不多时，我们悄悄下了山。我们不敢大声交谈，生怕惊扰了无声流淌的涪江水、李白和杜甫看到过的月亮，还有不远处那些安静的人。

2025 年 5 月